AF291123

Petra von Seth

Höga häckars paradis

Citat i boken: Delar av sångtexter av Per Gessle &
Jakob Hellman samt några ord av Kay Pollak

Omslagsfoto: Lotta Jeppsson

Förlag: BoD – Books on Demand, Stockholm, Sverige
Tryck: BoD – Books on Demand, Norderstedt, Tysk-
land

ISBN: 9789175697000

Förord

Ibland blir jag förvånad. Händer allt mer sällan
för varje år men ändå... det händer. Nu har det
precis hänt. Boken är tryckt.

Vad blev det då? Jo, en del sanning från mitt liv,
en del från mina vänners tårar och skratt samt en
stor del påhitt.

Detta är min första berättelse. Håll tillgodo.

Tack till alla omkring mig som gör mitt liv fantas-
tiskt innehållsrikt. Tack!

//Petra

1

Jag hatade verkligen mitt sorgliga liv. Rätt igenom. Hur fasiken hade det blivit så här grundläggande fel? Hur kunde jag ha sjunkit så lågt? Var det verkligen mitt fel? Jag satt obekvämt på huk bakom en massa tygskynken som hängde i garaget. Vågade knappt andas. Var så himla rädd att han skulle upptäcka mig.

Förmodligen satt han redan tillbaka framför teven och struntade totalt i att jag var iväg. Jag upplevde att han var världsmästare på att skrämma upp mig men det verkade inte som om hans kontrollbehov och terror sträckte sig långa stunder i sträck. Han tröttnade så snart han lyckats förnedra mig rejält.

Satte mig trött och uppgivet ner på ändan. Orkade inte sitta kvar på huk längre. Fick kramp i vaderna och hade ont i ena foten. Garagegolvet var av betong. Bilen hade inte stått härinne många gånger. Peter gillade att parkera bilen på garageuppfarten så alla grannar kunde se vilken statuspryl han ägde. Mitt på golvet i garaget fanns en brunn. Kliniskt ren. Jag visste för jag hade själv tvättat den så sent som i förra veckan.

Längs väggarna var där arbetsbänkar med hyllor ovanför. Många prylar med ordning som gemensam nämnare. Jag frös som en hund och hackade tänder. Hade bara trosor på mig.

Det var säkerligen inte minusgrader ute ännu men nära nollgradigt. Kanske tio, tolv grader i garaget. Inga element på. Peter ville inte det. Han bestämde över garaget. Också. Jag vågade inte röra knapparna på elementen. Var rädd att det skulle märkas att jag var här inne. Inte värt det.

Jag visste inte hur kvällens bråk hade startat. Fanns oftast ingen egentlig orsak. Han hade varit onödigt irriterad sen i eftermiddags då han spikat på nya verandan som vi skulle ha på baksidan. Vädret hade varit ok. Inget regn och nästintill vindstilla. Love hade lekt i lekstugan och jag hade förberett rabatterna inför vintern. Vi hade fikat tillsammans ute i trädgården. Suttit på varsin fleecefilt. Kallt men ganska mysigt. Peter hade varit tyst. Han hade kanske funderat på bygget. Love hade babblat på och jag hade försökt ha koll på bullsmulorna. Rätt var det var så hade han vikit ihop sin filt. Drog även tag i min filt och vek ihop den med. Slut på fikan alltså. Han fortsatte med verandabygget hela eftermiddagen. Drack kanske tre, fyra öl under tiden. Jag höll inte räkningen men jag noterade tyst tomburkarna på gräsmattan som han kallt förväntade sig att jag skulle plocka upp. Han hade förmodligen missbedömt och sågat lite fel på en planka eller två. Någon skulle självklart få lida för det banala misstaget. Gissa vem någon var?

Det måste man ändå berömma honom för. Han var konsekvent. Det var alltid jag som fick ta smällen. Han gav sig aldrig på Love.

Jag försökte ändå mot bättre vetande att vara mitt trevliga jag. Hade till och med bakat en klassisk skånsk äpplekaka som han brukade älska. Idag gick den såklart inte hem. Den var tydligen för torr och lite bränd. Stora problem i världen. Själv tyckte jag att den var god. Lilltjejen också. Den fluffiga vaniljsåsen tog nästan slut direkt. Peter åt glupskt trots att den inte föll honom i smaken.

Efter Bingolotto var det dags för vår fina lilla dotter att hoppa i säng. Hon var lite stökig men det gick bra ändå. Jag läste en kort saga som var standard när det var fredag och lördag då hon fick vara uppe lite längre än på vardagarna. Jag läste *Sagan om det röda äpplet*. Halva ikväll och halva imorgon. Jag kom att tänka på vårt egna äppleträd.

Vi hade planterat ett litet äppleträd samma år som vi flyttade in i huset. Första året kom det inga äpplen. Jag hade blivit ganska besviken. Trodde först jag att jag själv gjort något fel. Andra året kom det ett enda äpple. Jag var så glad. Så roligt. Egen skörd. Jag tittade till äpplet varje dag. Det växte och blev större och fick en mer intensiv färg för varje dag som gick. En dag kom grannens flicka in på vår uteplats med ett äpple i munnen. Jag anade vad som hade hänt men kunde ändå inte låta bli.

"-Var har du fått det äpplet ifrån?" frågade jag lite
bryskt.
"-Från äppleträdet!" sa hon käckt.
"-Från vilket träd?" frågade jag snabbt.
"-På andra sidan!" sa hon och pekade mot vår
baksida.

Jag gick runt för att se mitt lilla träd helt frukt-
löst. Gick tillbaka till flickan med bestämda steg
och tog det halvätna äpplet ifrån henne. Stirrade
på henne. Hon såg förvånad ut men gjorde inget
motstånd.

"-Du ska nog gå hem nu!"

Jag slängde äpplet i komposten och var sur i flera
minuter. Att folk inte kunde hålla ordning på sina
egna ungar.

Mitt älskade hjärta sov innan jag var ute ur hen-
nes flickrum. Hon låg i den lilla utdragssängen
som jag målat tidigare i vår. Sängkläderna hade
jag själv haft när jag var liten. Blekgul bäck och
bölja. Över sängen hängde det en skir vit säng-
himmel i typ myggnät som Love brukade älska
att sitta inunder som en liten koja. Jag fyllde på
våra blommiga kaffekoppar med de sista starka
mörka dropparna när jag stängt till hennes dörr.

Tog en liten bit äpplekaka till även om jag kanske
borde låtit bli. Hoppade över vaniljvispen som
kompensation. Mest för att den nästan var slut.
Bra där.

Satte mig ner i nya sandfärgade tygsoffan som vi köpt inne på Södra vägen. Han läppjade på det nyanlända kaffet, satte ner koppen och sen fick jag en hård örfil. Oftast visste jag innan smällen kom. Ikväll hade jag dock drömt mig bort lite för långt så jag blev förvånad. Kraften från hans handflata brände på min mjuka kind. Hur skulle jag förklara detta för frågvisa Love imorgon? Jag var så irriterande överkänslig i huden. Fick till och med märken efter vanliga plåster.

Jag hann inte mer än att hämta andan efter örfilen innan han tog strypgrepp på mig. Kaffet skvimpade ut, rann från den ljusa soffan ner på den vita mattan. Kände knappt de varma kaffedropparna som kom på mitt lår. Skulle bli svårt att få bort fläckarna på sofftyget hann jag tänka. Hans kroppstyngd tryckte ner mig mellan de stora dunfyllda kuddarna. Han höll inte tillräckligt hårt för att jag skulle dö, ibland önskade jag att han tog i lite till. Undrade hur han skulle löst fortsättningen.

Skulle velat vara en skugga som följde hans handlingar och tankar därefter. Hade han ångrat sig? Hur skulle han förklarat för Love? Hade han försökt att gömma mig eller gräva ner mig kanske? Dramatiken tog över mina tankar. Jag visste att jag skulle få rejäla märken på halsen efter hans hårda fingrar. Hade haft det många gånger förut.

Varje gång han drack alkohol så hade vi den rutinen eller en liknande. Kunde inte säga att jag vant mig, på något sätt så blev jag förvånad varje gång, men jag visste ungefär vad som skulle hända och hur det skulle kännas. Jag visste att jag skulle få ont. Smärtan skulle jag kanske kunnat ta men förnedringen var bland det jobbigaste. Jag kände det i luften. Visste vad som väntade. Samtidigt som han tryckte ner mig så pratade han hotfullt högt in i mitt öra. Han skrek inte. Ville väl inte väcka Love. Han bara pratade obehagligt rakt in i mitt öra. Jag hatade både honom och mitt eländiga liv.

Jag hade suttit blickstilla i garaget i minst en timma. Vågade inte lita på att han hade slocknat ännu. Ibland smög han på mig och skrämde halvt ihjäl mig. Det var värre än själva smällen. Att få en smäll då och då kanske jag hade kunnat leva med. Vem lurar jag nu? Men att bli skrämd fick mig att må riktigt dåligt. Nu för tiden var jag lättskrämd. Visste inte när det hade börjat.

När jag var liten hade jag till exempel alltid älskat skräckfilmer. Minns när vi var små uppe i Grövelsjön. Mina kompisar och jag hade gått genom sommarskogen från stugan till tältbion. *Alla helgons blodiga natt*. Jag hade älskat den filmen. Mina kompisar hade varit livrädda. Jag hade bara skrattat.

Jag hade fått gå först när vi skulle hemåt igen genom den mörkare skogen på kvällskvisten. Alla hade velat hålla mig i handen. Det var då det. Nu räckte det att min man dök upp bakom en dörr för att jag skulle kissa på mig.

Hackade tänder. Hela min kropp skakade, kanske inte bara av kylan utan även av chock. Han var verkligen inte riktigt klok. Förstod sorgsen att det bara fanns ett fåtal sätt att få dessa situationer att försvinna. Jag skulle bli tvungen att skilja mig alternativt att döda fanskapet. Han skulle aldrig förändras. Fan också. Jag hade tappat räkningen på hur många gånger han hade slagit mig, skrämt mig eller gjort mig illa på något annat sätt. Själva antalet gjorde egentligen ingen skillnad. En gång hade varit illa nog. Nu var det mer än nog.

Om jag ville riktigt mycket så kunde jag nästintill inbilla mig att allt var bra. Låtsas tillfälligt. Jag kunde intala mig med hög röst inne i mitt egna huvud i flera dagar att jag levde det där drömlivet som jag alltid velat ha. Som mamma och pappa. Så levde de lyckliga i alla sina dagar. Jag måste ha gjort något riktigt fel för mina drömlika planer grusades gång på gång. Det var bara en tidsfråga. Smällen hängde oroväckande alltid i luften.

Nu var det helt tyst i huset. Hade han äntligen somnat? Prisa Gud. Om en sådan verkligen fanns. Jag var tveksam. Funderade på om jag faktiskt skulle våga mig på att smyga tillbaka in i huset igen eller inte. Ibland hände det att jag slank ner i Loves lilla säng efter att han varit hårdhänt, ibland tog jag soffan även om Peter inte gillade att jag sov i den. Snuskigt tyckte han. Han brukade dock vara tystlåten och ångerfull dagen efter.

Jag tog några djupa smärtsamma andetag. Räknade från ett till tio och tillbaka ned igen. Visste inte riktigt varför men det fick mig att fokusera mina tankar. Jag reste mig försiktigt upp utan att välta ner något från arbetsbänken som var full med Peters saker och båda mina fötter kändes avdomnade. Även min rumpa kändes kall och stum. Tog ett litet steg i taget och lyssnade frenetiskt mellan varje steg. Helt tyst. Hörde bara mina egna hjärtslag. De pumpade i mina öron. Speciellt i det högra. Pulserade även i mina tinningar.

Vågade mig ut ur garaget. Klev försiktigt över en rad med trötta pelargonier som stod på golvet i garaget. Huset som bara låg tio, femton meter från det låga garaget såg helt fridfullt ut. Skenet bedrog kanske. Visste inte vad jag skulle ta mig till. I ett plötsligt infall så sprang jag snabbt upp med långa kliv till våra närmsta grannar som vi brukade grilla med om somrarna.

Deras hus var helt mörkt. Vanliga barnfamiljer sov nog så här dags. Klockan var kanske redan efter midnatt. Jag ville inte störa. De hade ingen aning om våra problem. Trodde jag. Missade helt att ta på mig skorna när jag oförberett hade lämnat hemmet. Och kläderna. Nästintill frostigt på marken.

Ont i fötterna. Både av kylan och av det tunna gruset på vägen. Inga bilar. Ingen utväg. Plötsligt ryckte jag till av en ren reflex. Hjärtat i halsgropen igen.

Kissade lite varmt som rann ner för ena benet. Luktade starkt av urin. Det var bara ett ensamt rådjur som hade hoppat till i den välstädade trädgården.

Skulle aldrig våga lämna saker framme på den nyklippta gräsmattan. Till och med Love hade tidigt lärt sig att var sak har sin givna plats. Stilla igen. Luften stod helt stilla. Fram till husets ytterdörr. Tog försiktigt tag i dörrens väldesignade handtag. Låst. Låst. Jäveljävel. Vad fan skulle jag ta mig till nu? Fan.

Vågade naturligtvis inte att knacka på. Var ju inte helt dum i huvudet även om Peter tyckte det. Att leka med elden hade jag slutat med redan som tonåring om jag ens gjort det då. Funderade en stund på att gå direkt tillbaka till garaget. Insåg att jag förmodligen skulle frysa ihjäl eller åtminstone förfrysa en tå eller två om jag stannade där hela natten. Smög sakta runt det välbyggda huset. Kände knappt kylan längre. Hade hundra procent fokus på eventuella rörelser inne i huset. Det kom en stor bred bil på den smala vägen som gick förbi vårt hus in till det stora villaområdet med de fina exklusiva villorna. Vi hade en innerlig tur. Vi var lyxigt priviligierade. Det sa alltid mamma. Vi hade det gott och jag skulle inte hålla på och klaga. Bodde riktigt, riktigt fint. Flera av mina gamla vänner var genuint avundsjuka hade mamma hört. De höga häckarnas paradis. Ett sådant skämt.

Billyktorna letade sig ivrigt framåt och jag satte mig snabbt på huk i trädgården för att inte synas. Villornas trädgårdar blev synliga för en kort sekund. Jag ville inte upptäckas. Hade inte glömt att jag var nästintill naken. Det enda som värmde mig var min blossande kind. Bilen körde sakta in på våra grannars vackra garageuppfart. Gruset knastrade under de breda dyra däcken. Bildörrar öppnades och stängdes.

Jag hörde Monas och Bertils röster. De skrattade. De hade nog varit på fest och verkade ha haft det roligt tillsammans. De skrattade hjärtligt. Hämtade något i bagageluckan. Mina ögon fylldes av tårar. Smakade salt i munnen. Näsan rann. Fan vilken lipsill jag var. Inte konstigt att jag fick stryk emellanåt. Skärp till dig nu för fan! Skulle vilja ge mig själv en örfil. Kärring.

Kunde inte minnas att jag och Peter någonsin hade haft det roligt ihop. Kanske i allra första början av vårt förhållande. Men även då var det alltid något som han hängde upp sig på. Jag hade tyckt så synd om honom i början och tänkt att han måste ha haft det svårt under sin uppväxt. Jag tog det som mitt viktigaste uppdrag att verkligen övertyga honom om att han verkligen var värd att älskas. Jag skulle nog få ordning på honom. Kan någon, kan jag.

Vilken idioti. Folk förändras inte. Peter var inte bra för mig och skulle aldrig bli det heller. Tänk att ha en man som Bertil istället.

Han var en pärla. Han avgudade Mona som
skämde bort honom. De var genuint gulliga till-
sammans. Som ett drömpar. Nästan som mamma
och pappa. Monas högljudda bubbliga skratt
väckte mig ur mina tankar. De låste upp ytterdör-
ren, larmade av huset och gick in ihop.

Tänkte för en sekund att jag skulle springa bort
till dem på lätta fötter och be att få lånas deras
vackra gästrum helt apropå. Det var inrett med
marina randiga blåvita tapeter, massor med
sköna vackra matchande kuddar i sängen, lyxiga
mjuka rena sängkläder och på nattduksbordet låg
de senaste dyra inredningsmagasinen. Helt per-
fekt. Hade inte kunnat göra det bättre själv.
Gjorde självfallet inte så. Hur skulle det sett ut?
Hur hade jag tänkt? Jag skulle skämt ut både mig
och framförallt Peter. Helt otänkbart.

Jag smög in i garaget igen och la mig på några av
trädgårdsdynorna som vällt ner. De luktade lätt
av mögel. Drog ner ett par tygskynken och kas-
tade dem försiktigt över mig som ett täcke. Som-
nade kanske efter ett bra tag.

I början av vårt förhållande hade jag försökt
prata och frågat honom om varför han var så
svartsjuk. Jag hade förklarat och bevisat min
oskuld. Gång på gång. Jag hade bett honom att
beskriva vad jag kanske kunde ändra på, justera
eller fixa för att han skulle bli trygg med mig. Nu
när så många år försvunnit hade jag slutat att ens
försöka. Det gjorde ingen som helst skillnad, inte
ens för mig själv. Jag hade gett upp. Totalt.

Det var som om jag tappat all respekt. Inte bara
för honom utan tyvärr även för mig själv. Lollo
Henriksson.

Det jag var mest rädd för när Peter betedde sig så
där var att vår dotter skulle se sin pappa så elak.
Hon avgudade sin pappa som alla småflickor gör
under en period. Jag hade aldrig misstänkt att
han rört henne. Blev knäsvag av bara tanken.
Han hade aldrig gjort henne illa vad jag visste.
Han älskade sin dotter mer än allt annat hoppa-
des jag. Jag betydde ingenting i jämförelse. Mig
kunde han slå sönder och samman. Jag såg att
han tittade på mig med ilska och någon form av
äckel i blicken varje gång han hade alkohol i
kroppen.

Den här kvällen fick jag alltså en örfil, ett stryp-
försök och sen knep han runt mina handleder
med sina stora händer. Det var som tusen nålar
tusen gånger om. Händerna hade nästan domnat.
Han frågade om och om igen vem jag knullat
med när jag varit borta förut.

Han skakade mig fram och tillbaka när jag inte
hade ett svar som han var nöjd med. Vad kunde
jag svara? Jag hade ju bara nattat vår dotter.
Självklart hade jag inte haft sex med någon. Han
slet av mig klänningen så jag bara hade trosorna
kvar. Oftast ville han knulla när han blev arg.
Plötsligt slängde han mig hårt åt sidan och sa att
jag skulle få vad jag förtjänade. Han kallade mig
hora och gick med stora stampande steg in i bad-
rummet.

Toalettlocket smälldes upp och han kissade med en stark ljudlig stråle rätt i vattnet. Samtidigt öppnade jag ytterdörren ljudlöst och sprang ut på vägen till vårt villaområde. Inga människor ute. Kallt och mörkt. Kunde inte vara hemma. Gick inte att lita på honom. Jag var så otroligt rädd. Hamnade till slut i garaget och höll tummarna för att Love inte skulle vakna och sakna mig i natt... Måste ändra mitt liv. Jag var värd mycket mer än det här.

2

Vilken otroligt fantastisk resa vi hade haft tillsammans. Vädret hade varit helt magiskt. Solen hade strålat på oss från morgon till tidig kväll. Värmen hade fått oss att ta det ganska lugnt mitt på dagen. Säkert upp emot trettiofem grader. Kvällarna hade varit mycket svalare och ljuvliga då vi äntligen hittade kraft igen för att röra på oss. Sena nätter hade det blivit med både jobb och fritid. Vi hade varit på ytterligare en inköpsresa ihop och hittat helt sagolika saker till vår numera ganska framgångsrika inredningsbutik i charmiga Linnéstan. Paula hade verkligen ett perfekt öga för affärer och vi andra, det vill säga min trevlige kollega Thomas och jag, var djupt tacksamma att ha med henne i vårt gemensamma företag. Thomas var den som höll oss kvar i verkligheten när vi svävade iväg och han skötte klokt nog det ekonomiska. Jag var den som fixade och som såg till att det vi bestämt verkligen blev gjort.

Drömmare var vi nog allihop innerst inne. Det var förmodligen därför vi orkade jobba så galet mycket som vi faktiskt gjorde. Vi var ett riktigt bra framgångsteam ihop. Vi hade shoppat, skrattat, njutit, diskuterat, träffat minst tio olika leverantörer, druckit kall öl i brist på gott vin, beställt massor med varor, solat och dansat.

Paula hade dessutom passat på att flirta med allt
och alla som hon kommit åt. Nästan som en helt
vanlig semester. Paula var så skön. Hon hade
inga samvetskval någonsin. I alla fall inte vad jag
visste. Hon bara levde sitt liv. Rätt upp och ner.
Kändes inte som om hon någonsin funderade
över sina val. Hon tog det ena efter det andra
beslutet och verkade varken se fram eller bak
utan var bara här och nu. Avundsvärt.

Nu var det knappt tjugo minuter kvar tills vi änt-
ligen skulle landa på vår hemmaplan Landvetter.
Underbart. Säga vad man ville om flygresor men
bekvämt var det absolut inte. Vi reste alltid så
billigt vi någonsin kunde. Det kanske hängde
ihop lite. Kontot räckte inte till mer så det var
egentligen en onödig diskussion. Planet var över-
fullt, gammalt och omodernt. Billigt. Kändes som
om luften därinne var knapp och det luktade lätt
surt ombord. Inredningen hade verkligen mer att
önska. Duvblåa säten med ett diffust blekt möns-
ter i ljusgult och rosa. Inga inredningsreportage
härifrån inte. Jag som var lite äckelmagad tyckte
att allt, verkligen allt, var sunkigt ombord. Ville
helst inte röra någonting. Väldigt svårt att efter-
leva.

Planet kändes väldigt föråldrat. Hur gamla kunde
plan bli? Såg ut som om själva planet var från
sjuttiotalet och att inredningen kanske var från
åttiotalet. Hur länge kunde ett plan flyga egentli-
gen? När skrotades dom? Skramlade oroväck-
ande mycket ibland. Bestämde mig för att sluta
tänka negativa tankar.

"-Herregud, vilken fantastisk resa! Jag är alldeles slut!"

Orden följdes av ett långt ljudligt stön när Paula satte sig tillbaka ner på sin plats efter det nödvändiga trånga toalettbesöket. Paula var kortare än jag och hade en hårman som var sagolik. Självfall såklart. Håret var ganska mörkt och hennes hud var åt olivhållet. Jag såg blek ut i jämförelse även om jag också fått en hel del färg.

Hon satte lydigt på sig det styva bältet igen. Bältet som säkert många med mig undrade varför man skulle ha på sig. Kunde det verkligen hjälpa om vi skulle störta? Eller var det kanske för att de inte skulle behöva leta efter oss? Alla skulle sitta kvar på sina platser. Jag dubbelkollade oroligt min mobil återigen. Avstängd. Hade aldrig förstått vad "flight mode" var för något och vågade inte chansa. Vem ville störa en flygkapten? Ingen. Inte jag i alla fall.

Thomas sov djupt. Han satt avslappnat tillbakalutad i flygplansstolen med den mjuka nackkragen runt halsen. Munnen var lätt öppen och även om han inte snarkade så hörde man de djupa andetagen. Typiskt karlar. Hur gick det till egentligen? Somna så direkt vart han än satte sig? Nästintill innan han satte sig till rätta ner i den obekväma lätt lortiga flygplansstolen. Somnade som en stock.

Vi hade hittat hur mycket läckert som helst. Bland annat fåtöljer, småbord, krukor, en spegel, dynor och kuddar. Bara fina saker. Förutom den där gräsliga vattenfallsserien. Paula gapskrattade.

"-Den skulle du haft i lilla lägenheten. Ett eget vattenfall i Skintebo. Så mysigt!"
"-Skulle inte tro det darling!"

Vi hade alltså beställt massor. Spenderat relativt mycket pengar för vår butik. Men både Thomas och Paula var säkra på att vi skulle göra en mycket bra affär när allt var sålt. De hade övertalat mig. Inte riktigt övertygat mig. Men jag höll tummarna för det. Jag behövde ha en bra förtjänst.

Vi var själaglada som hade med Paula i företaget. Hon hade de tokigaste idéer som nästintill alltid bar frukt. Denna gång så var det vattenfallsserien som kanske skulle bli nästa storsäljare. Detta var vår tredje resa till Asien och nu kändes det nästan mer som jobb än som äventyr. Men med tanke på min privatekonomi så var det en av de få resor som jag kunde göra under året så det gällde att passa på att njuta i fulla drag och ta vara på varje stund.

Thomas sträckte på sig efter att ha sovit nästan hela resan. Han såg oförskämt bra ut. Lång, smal, ljust lite längre hår, nästan som en surfarkille. Rak näsa, vita tänder och lagom stora läppar. Väldigt fina och välvårdade händer. Även hans fötter var fina hade jag upptäckt på stranden. Nu var han nyvaken men perfekt. Orättvist.

Tyvärr kunde man verkligen se att jag och Paula
varit på resa i snart ett helt dygn. Katastrof. Paula
hade varit inne på toan och borstat tänderna men
det räckte inte. Inte på långa vägar. Vi hade båda
behövt en lång avkopplande lyxig spadag för att
bli vårt vanliga vackra jag. Önskedröm tyvärr.
Blir inget spa. Inte för mig iallafall. Inte på länge.
Måste fylla på kassan först innan det blev tal om
någon ledighet.

Ankomsthallen kändes som en riktig befrielse.
Jag skyndade mig in på damernas innan väs-
korna skulle komma ut på bagagebandet. Både
kissade och pudrade näsan. Lite läppglans också.
Blev kanske inte bättre men det kändes bättre.
Därefter stod vi och väntade på vårt bagage.
Flygplatsen var stor, luftig och utan dofter.
Kanske lite lågt i tak där vi stod och väntade men
okej. Irriterande mycket folk men med mycket
utrymme så det var uthärdligt. Inredningen hade
mer att önska även här. Varför måste det se ut
som om man kommit till ett öststatsland? Hallå!
Landvetter! Tacka visste jag Kastrup. Snyggt och
prydligt.

Taxibilen som Paula världsvant viftade till sig
hörde till stadens äldsta taxibolag. Bilen var inte
lika gammal men hade ändå något gammalt och
sorgset över sig. Galonklädsel? Lätt att spola av
kanske. Mådde illa när jag kom på olika saker
som man kanske hade behov av att spola av. Vi
delade självklart taxin in till city.

Trots att vi nästan spenderat tio dagar ihop så babblade vi på, som om vi inte setts på flera veckor, under hela resan in till Linnéstan. Vi trivdes verkligen riktigt bra ihop.

Just nu firade vi att även Paulas fina väska hade kommit med ända hem till Sverige. På förra inköpsresan för ungefär fyra månader sen slutade hela kalaset i en smärre katastrof. I alla fall i Paulas ögon. Hennes stora silverfärgade dyra resväska försvann då i hanteringen. Katastrofen kunde även jag och Thomas skriva under på då vi lyssnat till hennes snyfthistorier, om favoritplagg och älsklingssmink som funnits i den väskan, gång på gång till leda. Sakerna i väskan som försvann tenderade att bli ännu fler och mer älskade för varje gång vi hörde historien.

Jag ville självklart inte slösa med företagets pengar, absolut inte mina egna heller, så jag tog krångligt nog Expressbussen från Linnéplatsen ut till Skintebo. Mina kära, kloka kollegor bodde båda två inne i centrala Linnéstan. Paula på Nordhemsgatan i en liten fin sekelskifteslägenhet och Thomas uppe på Nordostpassagen i en lägenhet från sjuttiotalet. Han hade världens största balkong.

Det var bara eländiga jag som envisades med att bo kvar där ute i förorten. Även om det var en av de bättre förorterna i Göteborg. Förort med litet f. Men ändå. Varför stannade jag hopplöst kvar därute? Försökte kanske leka mamma-pappa-barn? Ett sådant skämt.

Jag bestämde mig i höjd med Hovås golfklubb att jag skulle ta lägenheten som jag fått erbjudande om. En trea på hundra kvadrat. Mycket större än min futtiga lägenhet på Furuslätten. Den var bara sjuttiotvå kvadrat. Trean på Skanstorget saknade tyvärr balkong men... vad var väl en bal på slottet?

Jag älskade i och för sig min lilla förtjusande uteplats som jag ägde nu. Den var så fin, speciellt i år när trädäcket var alldeles nytt. Jag hade bara väldoftande lavendel och skir brudslöja i rabatterna. Blålila och vitt. Så ljuvligt fint. Blev alltid glad när jag fikade på altanen.

Dags att flytta alltså. Lägenheten som jag hade nu hade fungerat mer än väl sen jag flyttat in. Första egna hemmet. Jag hade valt all inredning ihop med flickorna. Var så nöjd. Lägenheten låg på markplan. I söderläge. Självklart. Grundstandard från sjuttiotalet. Nyrenoverad. Inte från grunden men iallafall på ytan. Ljus. Nästan för ljus.

Allt i vitt. Rent. Elegant. Skulle kunna ses i vilken Hus & Hem som helst. Köket hade högblankt vitt golv som var omöjligt att hålla rent. Jag städade i princip varje dag men det syntes ändå spår efter oss i familjen. Men snyggt. Och det var ju det som räknades. Det visste ju alla. Köksbordet var antikt, inhandlat på klassisk auktion på Tredje Långgatan för ett par år sedan. Vitmålat trots att det eventuella värdet kanske försvunnit. Hade man ju hört på *Antikrundan*.

Var förmodligen inget värt innan övermålningen
heller. Det fanns gott om gamla bord i världen.
Stolarna var moderna och sittvänliga. Jaså? Sa
vem? Inga prydnadssaker. Bara snyggt och luf-
tigt. Exakt så luftigt som det kunde bli i en lägen-
het på sjuttiotvå kvadrat.

Dessutom var grannarna väldigt trevliga. Det
måste man ju tycka. Förortslagen sa förmodligen
så. Flera av dem tittade in genom mitt köksföns-
ter när de gick förbi. Inte bara vid ett tillfälle utan
en del hade det som rutin. En och annan till och
med vinkade. Kanske trevligt om man var på det
humöret. Loftgångar var speciella. Men... en stor
trea i stan. Kunde det bli mycket bättre?

Paula hade nästan dött av avundsjuka när jag
berättade om erbjudandet. Jag hade väl stått i kö
på Boplats på nätet i ungefär ett år. Riktigt orätt-
vist tyckte hon. Paula själv hade tydligen stått i
kö i drygt fyra år. Märkligt nog hade hon inte fått
ett enda erbjudande hittills. Inte ens ett uselt. Det
kunde möjligen bero på alla hennes omöjliga
krav. Stor balkong, hiss, snabbt bredband, tvätt-
maskin, fiskbensparkett, låg hyra, högst upp i
huset, storslagen utsikt med mera. Hon längtade
efter något nytt då hennes lägenhet på Nord-
hemsgatan var ganska liten. Liten men fantas-
tiskt fint inredd.

Funderade alltså återigen starkt på att titta på
lägenheten som dykt upp på Boplats. Kunde inte
släppa tanken. Perfekt läge inne i Göteborg, vid
Skanstorget.

Hade fått lagom gångavstånd till jobbet. Hade varit helt underbart. Kanske inte lika ultimat för barnen. Eller? Love hade troligen älskat mig mer än vanligt. Hon hade fått gång- eller åtminstone cykelavstånd till sin skola. Hon gick gymnasiet på Schillerska på Vasagatan. Estetiskt program med bild och form. Alice däremot skulle bli tvungen att ta bussen varje dag. Men det kunde väl vara mysigt? Bussresan gick ganska fort och hon kunde ägna tiden till en sista läxläsning? Eller kanske bara läsa en bok? Det fick ordna sig.

Längtade efter mina härliga flickor. De var så himla fina. Jag hade handlat små presenter till dem när vi varit iväg. Brukade göra så, kanske mest för att döva mitt dåliga samvete. Vi åkte nästan aldrig på semester. Absolut inte utomlands. Ett par gånger om året brukade det bli Grövelsjön och Idre. En och annan present hjälpte mig med mitt dåliga samvete. Ett par fejksolglasögon till Love och ett par glittriga sandaler till Alice. Visste att båda två skulle bli jätteglada. De var så himla enkla att göra nöjda.

Jag släpade tappert hem alla mina väskor och påsar från busshållplatsen till lilla Furuslätten. Hade haft lust att ringa pappa för att be honom hämta mig på Landvetter eller åtminstone på Linnéplatsen. Hade låtit bli. Mina föräldrar visste att jag skulle iväg och de hade inte erbjudit sig precis. Vare sig med barnvakt eller skjuts. På något sätt kändes det som om de inte uppskattat att jag lämnat Peter.

Pappa var kanske mest cool men mamma såg lite anklagande ut varje gång vi tog upp något kring varför det blivit som det blivit. Bussen gick bra för mig. Hade tur med vädret som var helt ok. Våren var på frammarsch. Temperaturskillnaden från igår till idag var dock tydlig. Jag hade köpt lägenheten under helt fel tid. Men jag var så himla nöjd när jag väl tog beslutet att skilja mig så en dålig affär kunde inte reducera min glädje på något sätt. Dyr lägenhet eller inte. Jag hade varit så megastolt över mig själv och den känslan var värd mer än alla pengar i världen. Bra jobbat.

Jag hade flera väninnor på håll som stannade kvar i sina dåliga relationer trots att de inte var det minsta lyckliga. Kanske viktigare för dem att ha fina villan och bilen än att vara lycklig. Jag kunde inte ta ansvar för dem utan försökte bara föregå med gott exempel. Både för dem, mig själv och inte minst för mina flickor. Varje dag. Var så nöjd att jag vågat ta det stora steget.

Tillbaka till verkligheten. Fasiken! Vad sjutton är det som stinker? Hade jag verkligen glömt att slänga soporna innan jag åkte iväg? Jag ställde upp fönster och dörrar för att vädra ut. Glamoröst värre. Fixade snabbt och lätt till det. Åh, vad det stank. Ungarna skulle nog komma inom kort. Hade längtat så. Skulle bli härligt att få krama om dem igen.

”-Hallå!”

Peter kom in genom dörröppningen med flickornas välfyllda kassar.

”-Någon hemma?”
”-Hej!”

Flickorna var inte med. Peter berättade att Alice var nere i Skinteboviken. Hon badade med några av sina kompisar sedan tidiga förmiddagen eftersom vädret var ovanligt bra för årstiden. De hade cyklat ner. Love var på Magasinsgatan med sina närmsta kompisar för att shoppa. Hon behövde tydligen en jacka. Undrade tyst i mitt sinne ifall Peter hade stuckit till henne en peng. Kors i taket i så fall. Jag satte på kaffe med automatik, nästan oväntat besök ju, så vi skulle kunna ta en fika ihop.

Vi brukade göra så emellanåt för att prata lite om barnen och rutinerna. Fungerade sådär om jag skulle vara helt ärlig. Det brukade mest bli så att det var Peter som pratade på som i en monolog och jag som, barnsligt nog, lät bli att lyssna. Jag var så otroligt trött på honom. Hade tvingats lyssna på honom under så många år. Nu fanns ett nytt privilegium i samband med skilsmässan. Jag kunde stänga ute honom. Helt. Fungerade fenomenalt bra. När han satte igång och tjata så stängde jag sonika mina öron. Han såg ut som en stor guldfisk som gapade efter luft. En något rund, rödflammig, guldfisk. Fy fan.

Peter malde på med allt som han hade på hjärtat. Allt mellan himmel och jord.

Det var halvroliga anekdoter om tjejerna från de senaste dagarna. Jag lyssnade lite intresserat. Visste att tjejerna skulle berätta liknande historier senare ikväll. Han tog upp sitt jobb och hans föräldrar. Han visade en leverfläck som han var orolig för och gick igenom kommande veckors almanacka. Jag nickade lite uppmärksamt på lämpliga ställen.

Han nöjde sig förvånansvärt bra med det. Jag var inte ens säker på att jag egentligen hade behövt nicka då och då. Han var fullt upptagen av sin egen röst att jag hade kunnat gå och ta hand om tvätten efter resan utan att han hade opponerat sig. Tror jag. Vågade dock inte chansa. Ville inte utmana ödet.

Köket började dofta av det starka nybryggda kaffet. Slutligen frågade han mig om det hänt något nytt. Han tittade mig rätt in i ögonen och såg uppriktigt intresserad ut. Ibland förvånade han. För ett ögonblick glömde jag att det var min före detta make jag hade framför mig.

Jag berättade att jag funderade att titta på en lägenhet inne i centrum. Jag ångrade mig samtidigt som jag öppnade munnen men kunde inte stoppa tillbaka orden i min mun. Generalfel. Lita inte på honom. Han tillhör inte de goda. Han avbröt direkt med hård röst.

"-Hoppas du skämtar!?"
"-Nej, varför skulle jag göra det?" undrade jag
diskret obstinat.

Ansträngde mig att hålla rösten i schack. Var så
urbota trött på att anpassa mig efter honom. Var
inte rädd för honom längre. När skilsmässan väl
hade gått igenom så var det som om han släppte
sitt grepp över mig. Jag hade inte fått en enda
fysisk smäll utanför äktenskapet.

"-Tänker du aldrig på barnen? Du är så jäkla ego-
istisk!"

Han höjde rösten onödigt mycket och praktiskt
taget spottade ut orden. Det blev små fuktfläckar
på hans något tajta ljusrosa skjorta, strax under
hakan vid skjortsnibbarna. Jag försökte att inte
visa mitt totala missnöje med hans reaktion.
Måste tyvärr erkänna att jag inte blev förvånad
innerst inne. Sorgligt. Riktigt sorgligt.

Peter hade så länge jag kunnat minnas alltid bara
sett allting ur sin egen synvinkel. Den synvinkeln
hade oupphörligen varit minst hundraåttio grad-
er tvärs från min egen utgångspunkt. Varför fråga
mig om varför? Varför försöka visa lite intresse?
Jag försökte patetiskt släta över mitt avslöjande,
skämdes inför mig själv, med att jag inte fått lä-
genheten ännu utan bara skulle titta på den.
Peter lyssnade inte på mina förklaringar utan
reste sig tvärt, stolen tippade, var nära att välta,
kopparna skramlade mot bordsskivan, han läm-
nade lägenheten och slängde igen dörren med

kraft. Hans steg ekade i den långa loftgången.
Kaffet hade precis runnit ner i kaffekannan.
Orört. Jag stängde av bryggaren utan att hälla
upp till mig själv. Tappat lusten för fika. Skulle
behöva ett glas vin istället. Ett stort glas. Moget
av mitt ex. Härligt att vara hemma i verkligheten
igen.

Stanken av soporna var värre nu än innan Peter
kom. Aldrig att jag skulle försätta mig i ett lik-
nande förhållande igen. Hade bränt mig rejält på
fingrarna. Hoppades jag iallafall. Hade till exem-
pel tagit mig i kragen och mejlat Alex innan jag
åkte iväg på inköpsresan. Nöjd med mig själv. Nu
skulle det äntligen bli förändring.

Från Louise
Till Alex

"Hej!

Nu åker jag iväg på jobbresan jag berättade om.
Jag vill ha svar från dig senast när jag kommer
hem nästa torsdag.
Jag klarar inte av att ha det så här längre.
Bestäm hur du ska ha det!
Antingen så är det du och jag.
Till 100 %.
Då lämnar du din fru. Direkt.
Eller så är det slut. HELT slut.

Det betyder att vi inte har någon kontakt.
What so ever.
Jag kan inte leva i det vakuum som jag gör nu.
Jag kan aldrig ringa dig och dela saker med dig.
Måste alltid vänta på att du har tid.
Känns patetiskt att ha levt i detta mellanmjöl-
kens land så länge.
Hjälp mig att få ett slut på denna omöjliga situ-
ation.
Känns som om du bara leker med mig.
Jag vill ha allt eller inget.
Bestäm dig!

//Lollo"

Tjejerna kom hem under eftermiddagen. Vi åt en tidig middag tillsammans. Jag hade gjort en Caesarsallad som uppskattades även om Love blivit vegetarian under dagarna jag varit bortrest. Hon åt romansallad, rev extra parmesan på och älskade min hemmagjorda dressing. Kycklingen fick hamna på min och Alice tallrik istället. Hoppades att det inte skulle hålla i sig. Verkade krångligt.

De gav mig en uppdatering av allt som hänt. Peters nya flickvän fick en tuff, och förmodligen överdriven, beskrivning. Alice berättade om en häst som dött i stallet. Typ knall fall. Hon hade varit chockad i flera dagar men nu hade det börjat sjunka in. Tjejerna i stallet hade gjort en minnestavla över Amigo. Så gulligt.

Presenterna uppskattades som förväntat. Jag var
nog världens bästa mamma. Alla kategorier.

Jag berättade om allt fint som vi sett och köpt in
på vår resa. Jag berättade också att vi skulle in till
centrala stan inom kort för att titta på en annan
lägenhet. Love såg förväntansfull ut medan Alice
verkade ointresserad. Ingen idé att ta någon dis-
kussion i förväg. Inte säkert att den var intressant
i verkligheten.

Konstigt hur snabbt det blev vardag igen. Sol-
brännan som jag lyckats få på valda delar av min
kropp under några få dagar försvann lika snabbt
som den kommit på plats.

Känslan av värmen hängde sig kvar i en vecka.
Jag hade lyckats tvätta upp allt och hade rensat
ur min lilla klädkammare. Herregud vad mycket
skit man samlade på sig. Jag hade provat allt. Då
menade jag verkligen allt. Barnen hade suttit i
soffan och gjort tummen upp eller ner beroende
på tycke och smak. De var förvånansvärt eniga.
Jag höll med om det mesta men ett par klänning-
ar behöll jag även om tjejerna sa att de såg ut
som jag klämt in mig i dem.

Jag skulle ju gå ner i vikt förr eller senare. Det
hade jag bestämt. Hade bara inte bestämt vilken
vecka jag skulle starta. Jag hängde tillbaka det
som var ok. Övriga saker delade jag upp i tre
olika högar. En att ge bort till namngiven person.
Typ mamma. En att skänka bort till typ UFF-
lådan eller liknande organisation.

Och slutligen en kasta-hög det vill säga saker som bara kunde slängas. De två senare högarna blev störst. Jag hade bara en kofta som tjejerna tyckte att jag skulle ge till mormor.

Jag älskade vårt soprum. Helt magiskt. Kanske en överdrift men så skönt att bara kunna slänga det man ville utan att behöva sortera. Min bror var den största och bästa sorteringsmästaren i hela världen. Han skulle dö om han visste hur jag slängde saker. Hans röst ringde i mina öron. Han ville att man skulle skruva av locket av metall från glasburkar och dessutom diska glasburken innan man kastade den. Han ville att man skulle pressa ur all yoghurt ur paketen och sen skölja ur den innan man återvann kartongen. Jag var slarvigare än så. Hade fått låtsas vara ordentlig när jag var gift. Nu slarvade jag på utan dåligt samvete. Så skönt. I vårt soprum kunde man blanda hej vilt. Så länge ingen såg en.

Idag skulle jag ut på kvällen. Klassträff. Jag hade klätt upp mig lite mer än vanligt. Thomas gav mig en komplimang på jobbet och undrade varför jag var så himla snygg. Glad att någon såg att jag ansträngde mig. Roligt att vara snygg på arbetstid med. Det var ju där jag var mest. Det var så lite som gjorde det. Fixade mig mest för min egen skull, men även för omgivningen. Roligare för alla. När jag var gift så hade jag minskat ansträngningen för varje år som gick men nu var det som om ny energi och inspiration hade kommit till mig.

Dagen i butiken snurrade på. Eftermiddagen klarade jag själv. Thomas var tvungen att hämta sin lilla dotter på dagis eftersom hon var sjuk. Förmodligen öroninflammation. Stackaren!

Jag hoppade av spårvagnen på Valand för att småspringa ner till Bryggeriet. Kanske inte min typ av ställe men det var trots allt här vi skulle samlas. Gamla klassen. Det var dags för klassreunion. Hade förmodligen aldrig varit med på en sådan tidigare. Vår klass hade varit så rörig. Även om vi gått ihop sen första klass så hade jag inte kvar en enda kompis. Vi hade varit skolans sluss för nya. Tror jag. Flera hade flyttat och vi hade fått andra nya klasskamrater under åren som gått. Jag hade en bästis på mellanstadiet men hon och hennes familj flyttade till Göteborg så vi tappade kontakten. När jag var liten fanns inte dagens pendeltåg utan man umgicks bara med dem som bodde i samma område. Vår familj hade inte varit hemma under loven eftersom vi nästan alltid hade åkt till semesterhuset. Kändes som att alla andra bondade under loven. Jag kände mig alltid utanför. Gjorde inget egentligen. Jag hade haft en bra barndom i alla fall.

Jag var inte mobbad på något sätt. Kändes bara som om jag spelade i en egen liga. Men nu var det dags att träffa alla igen. Första gången på stan sen skilsmässan. Skulle bli roligt för första gången. Mindes inga egentliga namn men det brukade alltid lösa sig när man väl strålade samman. Eller? Såg fram emot en rolig kväll.

Det var Magnus Friberg som bjudit in mig. Via Facebook tror jag det var. Mindes inte Magnus så himla väl men jag hade hans namn någonstans inne i hjärnbalken. Inte lätt att säga att man inte mindes någon alls. Kändes taskigt. Vi var flera som kom i samma stund.

Samlades i garderoben för att hänga av oss ytterkläderna. Hälsade på och kramade om flera stycken. Kände mig lite gammal. Var detta roligt? Skulle det vara så här? Varför utsatte man sig för sådant här? Kände inte igen många ansikten. En tjej, Barbara, kände jag igen. Hon hade varit skolans snyggaste.

Hon såg fortfarande bra ut även om hon verkade ha använt allt på skönhetsmarknaden. Botox? Kanske. Solspray? Garanterat! Ögonfransförlängning? Troligen, i annat fall en grym mascara. Måste kolla vilket märke i så fall.

Skratten var höga och täta. Jag småpratade bara lite med de närmsta på de vadderade bänkarna. Kändes som om jag bara var en betraktare. Började fundera på hur min reträtt skulle se ut. När kunde man med att gå?

”-Vem är du?”

Det blev alldeles tyst kring bordet. Det var Barbara som slängt ut frågan och nu tittade hon mig i ögonen.

”-Lollo, Lollo Henriksson!”

"-Ok, varför är du här då?"

Jag kände att Barbara provocerade mig mer än
nödvändigt. Vem är du? Jäkla hagga!

"-Klassträff?"
"-Ja men varför är du inte med din egen klass?"
"-Det är jag väl?"
"-Nej du gick ju i 9a. Detta är 9d."

Alla runt bordet tittade med förvåning på mig.
Jag tittade med förvåning på Magnus. Det var ju
han som bjudit in mig. Han måste väl veta?

Han flinade bara mot mig och sa

"-Ja men Lollo var ju skolans goding så henne
ville vi ha med!"

Alla killar klappade händer och visslade. Jag blev
förbannad på mig själv när jag kände att det het-
tade på mina kinder. Fasiken också. Jag försökte
flina tillbaka och kontra med något fräckt. Det
gick sådär. Det blev mer fel och så snart jag
kunde så drog jag mig tillbaka. Orkade inte ens ta
vagnen så jag promenerade till busshållplatsen
på Linnéplatsen genom Vasastan. Behövde luft.
Var så trött.

Barnen var hos mig varannan vecka. Den veckan
flöt bara på. Jobb. Läxläsning. Ett och annat för-
äldramöte. Middagar tillsammans. Myspys. Vi
kollade på teve och pratade om allt. Båda tjejerna
hade kompisar på besök.

En del av Loves kompisar sov över med jämna
mellanrum. Trångt. Men härligt att ha dem i när-
heten. Veckan utan barnen var besvärligare. Jag
jobbade massor. Var tidigt på jobbet och gick
hem sent. Köpte ofta med mig färdig mat. Gillade
inte att laga bara till mig. I början, direkt efter
skilsmässan så hade jag gjort storkok den barn-
fria veckan. För att frysa in så vi bara kunde
plocka fram när barnen var här. Rann ut i san-
den. För tråkigt. Efter jobbet de ensamma veck-
orna blev jag ofta sittande framför teven. Tog ett
glas vin som jag snabbt fyllde på. Hade tänkt att
träna men det var som om energin rann av mig.

Jag ville så gärna ha sällskap. Funderade på vem
jag skulle kunna ringa. Paula och Thomas träf-
fade jag ju nästan varje dag så jag ville inte ut-
nyttja deras omtänksamhet. De var så måna om
mig. I familjen fanns det ingen som jag kunde
träffa bara så där. Funderade över brorsans fru
men orkade inte ta tag i det. Blev ledsen när jag
tänkte på alla mina gamla vänner. Vart hade de
tagit vägen? Hade ju haft ett par gamla barn-
domsvänner. De hade slutat höra av sig när vi
varit gifta ett par år. Kanske skulle ta upp kontak-
ten med dem igen? Vad skulle man säga? Hej?

Mina och Peters kompisar lyste med sin frånvaro.
Inte en enda hade ringt mig för att se hur jag
hade det. Konstigt tyckte jag. Var det ingen som
brydde sig? Kanske hade de valt sida och umgicks
med Peter istället?

Jag hade ju varit rätt tyst de sista åren av vår relation så jag kanske inte stod så högt på deras gästlista. Önskade bara att någon kunde bry sig om mig en stund.

3

Första gången var precis när vi hade träffats. När jag tänkte tillbaka på det så undrade jag varför jag agerade som jag faktiskt gjorde. Varför lämnade jag honom inte direkt? Varför stannade jag menlöst kvar? Hade tidigare läst om kvinnor som levt i en destruktiv relation som blev en typ av återförbrytare. Deras nästa relation var alltså av samma eller liknande karaktär. Misshandlade kvinnor som hittade en ny misshandlande man som kunde fortsätta där den andra slutade. Lät horribelt. Väldigt märkligt när man inte hade egen erfarenhet. Jag borde varit mer snäll mot mig själv. Inte utsatt mig själv för fara. Inte trott att det var normalt och att jag skulle fixa det bara jag skärpte till mig. Skulle jag råda någon annan till något så skulle det absolut vara att lämna den som slår. Direkt. Det kommer aldrig att sluta och bli någon drastisk förändring. Man är som man är. Du får det absolut bättre ensam än att stanna i ett dåligt förhållande. Oavsett. Önskar att någon funnits där för mig. Någon som kunde sagt att jag var värd det bästa.

Jag hade bara varit i den lilla matbutiken borta på torget vid hans omoderna ungkarlslägenhet vid Askims torg för att handla något till middagsmat.

Peter hade varit ensam kvar hemma för att duka fram till middagen till oss och dessutom försöka ställa in videon på inspelning.

Vi skulle bort till hans kompisar senare på kvällen för att se på en film och vi ville absolut inte missa ett avsnitt på den nya serien som vi båda två börjat följa tillsammans.

Jag hade inte ens flyttat hem till Peter på riktigt. Bodde egentligen fortfarande hemma hos mamma och pappa på pappret även om jag tillbringade det ena dygnet efter det andra hemma i Peters småmysiga lägenhet. Jag trodde att både mamma och pappa uppskattade att jag höll mig hemifrån. Hade haft en period där jag bara tjafsade med mamma om allt. Förstod inte själv varför men hon var så himla jobbig. Tyckte jag då i alla fall. Pappa hade inte gillat bråk så det var väl lugnt när jag hade varit på väg bort. Anton hade fortfarande bott hemma så riktigt barnfria var de inte ändå. Jag hade börjat plocka med mig det mest nödvändiga. Lite då och då. Mest mina favoritkläder. Och mitt då så viktiga smink. Mitt rum hemma i radhuset blev allt mer sterilt för varje vecka som gick. Undrade vad mamma skulle ha det till när jag flyttat. Hon hade pratat om att hon ville ha en eget syrum. Hon kunde snart ta mitt rum i anspråk. Jag skulle inte sakna det. Inte det minsta.

Jag var på väg upp för den smala stentrappan när jag förvånat hade undrat vad som var på gång.

Mina få saker låg utslängda i trappuppgången.
Både på golvet, på räcket och i trappstegen.
Kläder, väskan, tidningar med mera. Jag hade
tagit de sista stegen upp till lägenheten med
dubbla tunga steg.

”-Vad händer?” hade jag frågat Peter upprört
med andfådd röst.

Jag var kallsvettig över hela kroppen. Han stir-
rade mig stint i ögonen. Ögonen var kalla. Nästan
döda. Jag fick ont i magen. Vad var det för fel?

”-Det vet du bäst själv!” svarade han.

Jag fattade verkligen ingenting. Kändes som om
jag var med i en gammal hemsk skolpjäs eller i en
mardröm. Hoppades att någon skulle väcka mig
snart.

”-Vad menar du? Vad har hänt?” frågade jag igen.
”-Hora!” spottade han mig rätt i ansiktet.

Kändes som om det inte var på riktigt. Under en
bråkdels sekund hann jag tänka att det förmodli-
gen var ett skämt. Ett dåligt skämt.

”-Jag vet vad du har gjort” sa han och tog mig
riktigt hårt i armen. Det var inget skämt utan han
menade allt på blodigt allvar.

”-Aj, vad menar du?” Jag ryckte förnärmad åt
mig armen.

Peter hade fått för sig att jag varit otrogen när jag varit i affären. Han trodde att jag hunnit knulla med någon på den korta tiden. Hade ju inte ens hunnit om jag så hade velat. Jag tappade hakan. Fick fullt med tårar i ögonen. Vår kärlek hade varit nästintill som en saga fram till nu. Peter var världens bäste Peter och jag hade varit så lycklig. Han var den snyggaste jag någonsin sett och jag undrade hela tiden varför inte han var fotomodell. Alla borde ju få chansen att se honom. Som en gud. Snyggast i världen.

Jag bedyrade min oskuld menlöst om och om igen. Lovade att jag absolut inte gjort något fel. Jag ville göra rätt och skulle inte äventyra vår kärlekssaga.

Var han inte kär i mig? Vad trodde han om mig egentligen? Rannsakade mig själv och undrade om jag gett honom någon som helst anledning till att vara det minsta svartsjuk. Hade tänkt att jag verkligen måste visa honom att jag älskade honom från och med nu. Måste skärpa till mig. Ingenting fick feltolkas.

Efter det första skrämmande tillfället dök de hemska episoderna upp med jämna mellanrum. Kanske en eller ett par gånger i månaden i början av vårt förhållande. Sen mer sällan gångerna jag var gravid. För att sen eskalera till ungefär varannan eller var tredje vecka sista åren vi var gifta. Alltid mycket värre när alkohol var med i bilden men kunde även hända i nyktert tillstånd om jag hade otur.

Gångerna med alkohol inblandat var enklare att
ta. Då var jag på min vakt och undrade bara när
det skulle ske.

I nyktert tillstånd fanns det ingen egentlig föra-
ning. Kom bara som en blixt från klarblå himmel.
De gångerna blev jag mest rädd. Annars kunde
jag skylla på alkoholen, men när han var nykter
visste jag inte vad jag skulle skylla på. Blev som
min vardag om än en mycket tråkig vardag. Hotet
låg hela tiden under ytan hur jag än försökte att
vara helt oberörd av andra män. Jag var sval mot
alla. Speciellt mot våra vänner.

Allt kunde uppenbarligen misstolkas av honom
om han var på det humöret. Fråga mig. Jag
visste.

Känns märkligt nu när jag tänker tillbaka. Hur
kunde jag stanna kvar hos honom? Hade jag inte
haft mer självrespekt? Varför flyttade jag ihop
med en så ovettigt labil man? Hur i hela fridens
namn kunde jag min idiot skaffa barn ihop med
honom? Två gånger?

Visste att det sas att det inte kunde vara ens fel
när två träter men hur jag än resonerade så
kunde jag inte se att jag varit medskyldig på nå-
got sätt. Kunde jag undvikit smällarna? Lovar att
jag hade gjort det om jag vetat hur.

4

Så imponerat överdrivet lycklig att jag vaknade upp i min egna smala säng i morse igen. Ensam. Halleluja! Hade varit nära att falla dit igår. Tur jag inte hade lyssnat på min sugna kropp. Tänk att skyldigt vakna upp i en säng som man ångrade. Snygge-Micke hade också varit ute på galej igår. Vi var gamla grannar way back och hade umgåtts i flera år med våra respektive i Billdal. Strandbesök, grillmiddagar, städdagar i området och alla barn i samma ålder. Han var helt nyskild och det osade hett om honom. Han ville förmodligen ha en kvinna i sin säng. Omgående. Han var grymt attraktiv men jag trodde inte att han var intresserad av mig egentligen. Bara av min kvinnliga kropp. Smickrande kanske men lite obekvämt. Jag blev lätt knäsvag när jag träffade honom. Han var en gammal erkänd hockeyspelare. Mums. Men som sagt. Vem ville bara ses som ett sexobjekt? Nja, jag skulle verkligen känna efter innan jag gjorde något som jag kunde få ångra. Kände inte att han var den rätte för mig.

Jag hade känt Micke och hans före detta fru Marika i flera år. Hon och jag träffades fortfarande ibland även om det nästan alltid var på mitt initiativ. Jag hade aldrig varit attraherad av honom tidigare. Inte ens i fantasin.

Han hade varit totalt förbjuden mark. Om jag tänkte bort Marika för en stund kunde jag se en enda stor fördel med Micke. Han var riktigt snygg. Men sen var det slut.

Trodde inte att vi skulle passa ihop. Nu var han Marikas exman och därför gick han bort helt. Hade ingen som helst lust att krångla till mitt liv ytterligare. Barnen kände hans barn och det kunde ha blivit riktigt pinsamt. Hade jag hetat Paula så hade jag säkert legat här och njutit efter att ha blivit påsatt och tillfredsställd. Men... mitt namn var fortfarande Lollo.

Gatan hade varit helt folktom. Försommaren stod i almanackan och väntade på rätt tillfälle att dyka upp. Fortfarande lite kyligt på natten. Gatlyktan hade lyst upp mer än nödvändigt. En sorglig gammal katt gick förbi ljudlöst, den såg uppriktigt förvånad ut över att få vårt sällskap. Vi slog följe efter att ha stött på varandra på krogen. Skulle tydligen åt samma håll. I avsaknad av fysisk kontakt attraherades jag mer än nödvändigt av Mickes närhet. Kanske fungerade han som ett sexobjekt för mig? Lite berusade var vi båda två och jag kände att jag var fuktig mellan benen. Skönt att det var mörkt ute i natten så det inte syntes att jag var generad.

Vi hånglade. Hånglade. Efter en lång, lång, stund kände jag att jag var öm på hakan av hans tvära skäggstubb. Eftersom vi båda numera bodde ute i Skintebo eller Skiljebo efter våra skilsmässor delade vi förnuftigt nog på en taxi hem.

Resan gick fort. Snabbare än vanligt. Jag hoppades att taxichaufförer rent allmänt var vana vid att se värre saker. Micke var på mig och jag protesterade inte. Han hade smekt mig över hela min kropp, i och för sig utanpå mina kläder, men ändå.

Jag vet inte vad jag gjort om han hade gått innanför den låga byxlinningen. Skämdes generat över min lättillgänglighet. Han tyckte självklart att jag skulle följa med honom in när vi betalt taxin. Han föreslog att vi bara kunde ligga bredvid varandra när jag sa att han var min väninnas före detta man.

Jag förhandlade fram och tillbaka med mig själv på fullt allvar... Var det ok att ligga bredvid bara? Visst var det ok! Vilken skada skulle det kunna göra? Gamla kompisar emellan. Vi kände oss ju bara lite ensamma. Eller?

Den lilla jäveln på min axel hånskrattade och sa

”-Knulla mig!”

Jag piggnade till med min ömma haka och såg mig själv vakna i Mickes säng med hans barn imorgon bitti. Mina barns kompisar. Love hade dött av pinsamhet.

”-Tack för ikväll men nu ska jag hem.”

Nöjd och stolt men grymt kåt.

Sov länge och åt en sen välbehövd frukost. Nybryggt te. Rostbröd, smör och ost. Apelsinjuice med fruktkött. Lyx. Marmelad och skivad gurka. Tjejerna hade haft filmkväll igår så det passade dem utmärkt. Vi åt tillsammans, hade på morgonteve och slappade rent allmänt.

”-Vi ska på musikal idag! Med pappa och hans Veronika.”

Love kom springande med ett stort leende på läpparna.

”-Ha?”

Jag satt fortfarande i morgonrocken och drack det sista i tekoppen samtidigt som jag bläddrade i GP:s söndagsbilaga. Frukosten stod fortfarande framme. Bregotten hade blivit alldeles mjuk och osten hade torkat lite i kanterna. Love upprepade att hon och hennes lillasyster skulle på Operan denna eftermiddag med Peter och denna veckas kvinna. Veronika. Undrade intresserat hur hon stavade sitt namn? Med enkel eller dubbel-v? Viktig fråga.

”-Ja men... vi ska ju ha söndagsmiddag här med kusinerna idag. Det är ju planerat sen länge”.
”-Ja jag vet men pappa ringde nu, får vi inte gå? Snälla”.
”-Jo, men denna helg är ju inplanerad att ni ska vara med mig. Eller hur?”

Jag kände att jag hetsade upp mig lite väl mycket och var så himla irriterad. Naturligtvis inte på musikalälskande Love men på Peter. Menlös men ändå så påträngande. Denna ständiga källa till diskussioner. Jag ringde upp honom på vårt gamla invanda nummer som jag själv valt en gång i tiden samtidigt som jag knipsade av döda blommor på min krukväxt med naglarna som stod på köksbordet. Den var från mamma. Begonia tror jag att den hette. Hoppades att den skulle dö inom kort då den inte matchade inredningen. Mamma visste att jag inte gillade krukväxter men hon hade tagit det som en av hennes livsgärningar att omvända mig. Hon tyckte inte att det var ett riktigt hem om man inte hade krukväxter. Spelade ingen roll vad jag sa. Alla jag kände tyckte att jag hade det otroligt fint och ombonat hemma hos mig. Oavsett var jag bodde. Inte mamma. Hon tjatade bara om dessa obefintliga blommor.

”-Hallå!”

Peter svarade direkt. Nästan som om han väntade sig samtalet från mig.

”-Ja hallå, det är jag, Lollo.”

Jag undrade hur han kunde planera in något med barnen på min helg utan att kolla med mig, mamman, först? Han tyckte att jag överdrev vilket jag kanske gjorde men jag blev så himla trött på att alltid behöva tävla, ändra och aldrig veta vad som gällde.

Jag ville att barnen skulle ha dagar då det inte
hände så mycket utan som kunde användas till
att slappa, ha lite tråkigt och bara vara. Själv-
klart tyckte Peter att jag var snål och korkad som
inte ville låta tjejerna se musikalen utan istället
tvinga dem att stanna hemma på middag med
kusinerna. Pinsamt sa han flera gånger.

Jag måste erkänna att jag kände mig lite barnslig
men jag fattade inte varför han skulle presentera
varenda kvinna han drog över för barnen. Kunde
han inte hålla dem utanför sina kap tills det blev
lite mer seriöst? Typ två månader gammalt åt-
minstone. Inte mycket jag begärde tyckte jag
själv. Jag visste inte hur många de träffat hittills.
De verkade i och för sig inte ha tagit någon större
skada men ändå. Kunde inte vara riktigt bra. Det
hade man ju läst om. Samtalet slutade i alla fall
med att vi bestämde att han skulle hämta tjejerna
strax före klockan tre samma eftermiddag. Vem
vann?

Satt och dagdrömde när tjejerna hade gått. Hade
ställt in kusinmiddagen. Fick bli en annan gång.
Orkade inte träffa Anton och hans familj utan
mina tjejer som förkläden.

Dagdrömde om Alex som lämnade sin fru och
kanske flyttade hit till Göteborg. Hur skulle det
bli då? Tänk om vi kunde inreda nya lägenheten
tillsammans. Kom ihåg precis när vi hade träf-
fats. Det var uppe på mässan i Stockholm. Det
hade sagt klick med en gång.

Han var i och för sig gift och ingick inte alls i min plan om jag nu hade haft en sådan. Han kom snabbt ner till Göteborg strax efter mässan och jag hade varit så kär. Vi hade promenerat längs kajen till hans bokade hotell. Han skulle bara checka in sin väska. Vi hade tagit hissen upp till hans lilla rum. Jag funderade kort på om jag prompt skulle stannat nere i den eleganta receptionen istället. Lite sent påtänkt kanske.

Hissen var liten och blank i mässing och mitt hjärta hade dunkat mer än vanligt. Hade jag dålig andedräkt? Hade det varit vitlök i lunchmaten? Kändes som om jag skulle få en infarkt. Var det vanligt? Vad skulle folk tro? Ett litet enkelrum. Högt i tak. Fint inrett med fodrade hellånga gardiner i benvitt moarétyg. Tjusigt. En enkelsäng, kunde bli trångt, med matchande överkast och en lång kudde vid huvudändan. Måste vara svårt att hitta passande örngott.

Ett elegant skrivbord med en vinflaska, två glas samt en chokladkaka. Teven stod på med texten "Välkommen herr Sandin. Hoppas du får en trevlig vistelse här hos oss!".

"-Jag tar bara en snabbdusch om det är okej med dig. Okej?"

Han förklarade att han gått upp redan vid fem och att han ville byta om innan middagen. Han hade huvudet på sned och såg så himla charmig ut. Var jag verkligen här?

"-Javisst, inga problem!"

Jag svarade så nonchalant jag bara kunde. Jag skulle ha stannat i receptionen. Hade han väntat sig det? Var det jag som hade tvingat mig med upp i hissen? Jag satte mig ner på hans säng medan han satte på vattnet i duschen. Han kom tillbaka till det lilla rummet och började att klä av sig. Herregud. Han kunde ju inte klä av sig här. Hallå. Vad skulle jag titta på? Textteve kanske? På tapetmönstret som redan var nästintill obefintligt? Makalöst vilken kropp. Han var lång, muskulös med lockar i nacken som han säkert försökte hålla under kontroll. Lagom mycket hår på bröstet, samma färg som på huvudet. Långa seniga muskler på ben, armar och mage. Vi hade redan haft sex på mässan. Det var min första gång utanför äktenskapet. I alla fall utanför mitt äktenskap. Han var ju fortfarande gift. Då hade jag varit lite berusad. Det bara hände.

Denna kväll hade vi planerat. Jag var så ovan och kände mig lite slampig. Hade inte tagit med mig en övernattningsväska även om det var underförstått att jag skulle stanna över natten. Kändes för porrigt att packa en väska för att bo på hotell i Göteborg. Jag hade inte kunnat bjuda hem honom. Ville inte att flickorna redan nu skulle träffa en potentiell plastpappa.

Jag skulle ha honom för mig själv ett bra tag för att se vart det hela kunde leda. Han var som en dröm. En våt sådan. Trots en lång arbetsdag doftade han fantastiskt. Jag själv skulle verkligen behöva duscha.

Jag oroade mig över att behöva klä av mig inför honom. Vad hade jag för underkläder på mig egentligen? Matchande behå och trosa? Borde väl vara lag på det för alla singlar. Jag var säkert orakad både här och där. Så orutinerat. Fasiken. Kände mig helt kallsvettig. Han tog av sig kalsongerna och stod där helt spritt språngande. Helt obesvärad.

En kort sekund tänkte jag att han kanske skulle försöka våldta mig. Men nej. Självfallet inte. Han gick som sagt in i duschen. Jag satt snällt och obekvämt kvar i sängen. Ville helst sitta i en fåtölj men det fanns ingen. Fanns en skrivbordsstol. Skulle jag flytta över till den? Försent. Han hade redan lagt sina snygga kläder där.

Satt kvar på sängen och försökte se något oberörd ut. Sval. En åtråvärd stil. Sval. Tittade omväxlande på textteven och in i glipan in till badrummet. Försökte få ordning på min andning. Jag kunde inte tänka på så mycket annat än att få luft. Närheten till honom gjorde att jag glömde av att andas.

Han var snabb och strax var vi på väg ner i hissen igen. När vi gick mot restaurangen där jag beställt bord så höll vi varandra i handen.

Jag var så himla glad. Så stolt över honom. Han babblade på och tittade på mig med sina varma ögon. Kunde man vara så här lycklig?

Vi hade tagit en drink och han utbringade en skål för vår kärlek. Han hade sagt att han aldrig varit så kär. Jag visste inte vad jag skulle säga. Han var fantastisk. Hade svårt att andas. Det hela kändes som en dröm. Jag ville inte vakna. Det var med en stor kraftansträngning som jag sipprade in luft mellan middagens tuggor. Jag åt min asiatiska mat med stora problem. Pinnar. Vem hade kommit på det? Vi hade ju gafflar.

Hade legat i sängen efteråt och hört honom vissla i badrummet. Hade sett mig omkring i rummet. Mina kläder låg i en salig röra mitt på golvet. Hans kläder på stolen. En tom vinflaska, chokladpapper och ett par smutsiga vinglas. Hans dyra resväska. Prydligt packad med hans skjortor. Riktigt bra kvalitet. Välstrukna. Han kom snabbt tillbaka och la sig självklart bakom min kropp. Nära. La armen omkring mig och kysste mig ömt i nacken.

”-Du är helt fantastisk! Jag vet inte vad jag håller på med. Jag har varit gift i nästan tjugo år och aldrig gjort något liknande. Din dragningskraft är enorm. Vad gör du med mig?”
”-Jag har aldrig varit med en gift man förut. Trodde aldrig att det skulle hända. Vad gör man nu?”

Mitt hjärta hade svämmat över med en hög banala känslor. Jag hade känt mig som nyss femton år fyllda. Nu ville jag ha hela honom och hela kungariket. Nu. Förmodligen inte läge att säga det nu funderade jag med hans tunga arm runt min midja och mage. Ville inte avbryta det magiska tillfället även om min hjärna gick på högvarv. Bäst att vara tyst och passa på att njuta.

De kommande veckorna var ljuvliga. Det kändes som om allt var mjukt och underbart. Alex var i Göteborg flera dagar i veckan och då passade vi på att leva som bara nyförälskade kunde. Timmarna utanför sängen kunde snabbräknas på ena handens fingrar. Den massiva njutning vi hade ihop gick inte att beskriva. Han var öm, kärleksfull och lagom retsam i sängen. Jag lärde mig nya saker som jag aldrig provat tidigare. Äntligen fick jag veta vad ohämmat sex var. På lika villkor. Oerhört skönt.

Efter några intensiva veckor gick livet sakta tillbaka till vanlig vardag. Alex var tyvärr tvungen att jobba mer ifrån Stockholm. Jag saknade hans röst. Ville ringa honom. Men självklart kunde jag inte det. Det hade jag fattat för länge sen.

Jag behövde fokusera på mina barn. De hade kommit i skymundan under flera veckor. Jag tog det som ett projekt "dåligt samvete". Gjorde upp storstilade planer på veckans matsedel, bokade in aktiviteter som vi skulle göra tillsammans, bara jag, Love & Alice. Vi gick på bio, vi hälsade på mamma och pappa, tog den där kusinmiddagen

även om den blev på stan istället och vi köpte nya
kläder till bägge tjejerna.

Tanken på Alex bleknade inte men låg i alla fall
inte före allt annat. Han var tillbaka på sin hem-
maplan nu. Hans fru kunde ju vara i närheten.
Hoppades att han skulle ringa snart. Vågade
kanske skicka ett sms och be honom ringa mig.
Nej. Han hade bett mig att låta bli. Bäst att vänta.
Ville inte framstå som tjatig. Jobbigt.

Att vara avvaktande passade inte mig längre. Jag
hade levt på halvfart i halva mitt liv och längtade
efter att få leva fullt ut. Jag kände mig rebellisk
innerst inne och längtade till revolutionen. Nu
hade jag inget val. Fanns bara ett alternativ och
det var att sätta sig ner och vänta.

Slog bort tanken på Alex så snart jag kunde. Det
plingade till i datorn. Tänk inte mer på honom!
Han går bort. Han var verkligen inte bra för mig.
Vi hade haft vårt av och på-förhållande de sen-
aste åren nu. Jag tänkte bara på honom i brist på
annat. Jag hade insett att han inte var gjord för
mig. Han hade valt sin fru. Kanske lika gott det.
Jag gillade inte hans typ ändå.

Gillade inte att vara övergiven. Övergiven. Exakt
så kände jag mig. Satt på undantag. Alla andra
levde i verkligheten men jag levde bakom ett tunt
lager av plastfolie. Gladpack virad runt huvudet.
Inte riktigt med.

Jag hade fått svar på mitt mejl till Alex. Inte speciellt spännande men jag öppnade upp mejlet i alla fall.

Från Alex
Till Louise

"Hallå goding!
Saknar dig.
Önskar jag kunde åkt med dig på din resa.
Tänk vad mysigt vi hade haft det.
Vi måste planera in en resa till Barcelona snart.
Du ber mig bestämma mig.
Jag har redan bestämt mig.
Det är DIG jag vill ha. Tokmaja!

Du har legat som nummer ett på min lista i flera år.
Jag vill ha dig.
Det är bara timingen som inte stämmer.
Vi har precis köpt en tomt och ska bygga vårt drömhus.

Om jag lämnar nu så mister jag allt som jag satsat.
Funkar inte.
Jag leker inte med dig, bara snuskiga lekar isåfall. Det gillar jag!
Att leka med dig är fantastiskt. Du har allt!

Fan ta honom! Vad hade jag väntat mig? Inget annat egentligen. Var han dum på riktigt? Bygga hus? Stackars hans fru. Hon kanske älskade honom över allt annat.

Han hade bara varit ett tidsfördriv för mig. Skulle inte kunna starta mitt nya liv med honom ändå. Han hade bara funnits där. Men ändå inte. Jag skulle inte vara tillsammans med honom. På något sätt hade han hjälpt mig till mitt beslut. Svårt att hitta "Mister Perfect" med honom kvar som gubben i lådan. Kanske skulle träffa honom och göra slut på riktigt. Kanske en sista het träff med riktigt mycket sex så jag kunde stå mig ett tag tills den sagolika drömprinsen kom förbi. Han gjorde det trots allt makalöst skönt för mig. Mmmm, kanske.

5

Jag hade satt mig ner i väntrummet efter besöket inne hos barnmorskan. Helt darrig i kroppen och tom inuti. Vet inte hur länge jag blev sittande där. Mådde inte bra. De kallsvettiga dropparna trängdes i pannan. Tankarna for runt i huvudet. Vad skulle jag göra? Vad skulle jag ta mig till? Behålla barnet eller inte? Jag ville inte göra abort så här sent. Inte barnets fel att pappan var en idiot. Love skulle mer än älska att äntligen bli storasyster. Mamma skulle älska mig på riktigt. Kanske tycka att jag var lyckad. Jag kände mig illamående och benen kändes helt stumma. Jag var inte ensam i väntrummet utan där var en febril verksamhet. Väntande mammor, nyförlösta, skrikiga barn och en och annan orolig pappa. Jag hörde inget annat än mina återkommande egna frågor.

Lyckades ta mig därifrån på något mirakulöst sätt. Handlade något oväsentligt på Askims torg. Tog den blå bussen tillbaka hem. Pratade inte med någon på bussen vad jag minns. Tittade bara ut utan att se något. Lyckades hämta Love som lekte med en kompis i närheten. Hem. Lagade middag som en robot. Stekte falukorv och gjorde stuvad vitkål till. Peter kom hem samtidigt som jag dukade fram. Han öppnade en burk folköl. Pyste ut lite skum på köksbänken.

Torkade inte upp. Mindes inte om vi pratade under middagen eller inte men jag hade svårt för att äta. Petade bara lite i maten och flyttade runt bitarna. Diskade när Peter spelade spel med Love. Grodspelet. Somnade tungt när jag nattade min fina dotter.

Vaknade abrupt med ett ryck. Vad var klockan? Helt tyst, bara teven som surrade i bakgrunden. Fick hjärtklappning. Lugna ner dig! Jag gick upp ur Loves lilla säng försiktigt för att inte väcka henne. I det mörka vardagsrummet hade Peter somnat som ett oskyldigt barn i soffan. Stod säkert och tittade på honom i flera minuter. Helt stilla. Andades inte.

Skulle jag ha ytterligare ett barn med honom? Skulle han kanske bli säkrare på mig då? Fanns det en möjlighet att hans svartsjuka skulle försvinna? Snälla någon, gör honom snäll! Det är det enda jag önskar mig. Han föddes väl också snäll? Vad hade han gått igenom som gjorde honom till den han var idag? Han måste väl också bli vuxen och ansvarstagande till slut? När jag var gravid förra gången så lugnade han i alla fall ner sig. Tillfälligt. Han hade tvingat den stackars barnmorskan att göra ett faderskapstest och när resultatet självklart visade att han var pappan så var det bra i flera veckor. Nu var det kasst igen. Inte katastrof hela tiden men dåligt.

Vaknade av att Peter trängde in i mig bakifrån. Jag låg på sidan och han höll hårt i mina höfter.

Hans sexlust hade varit densamma sen vi möttes första gången. Min lust försvann helt när han tog hårt i mig första gången. Hade ingen respekt kvar för honom. Jag pendlade bara mellan rädsla, smärta och likgiltighet. Han hade slutat fråga mig om jag ville ha sex. Kunde jag nästan förstå. Han tog det när han ville. Enda egentliga anledningen till att jag var gravid. Han reste mig upp på alla fyra, drog mig till kanten på sängen och ställde sig själv på golvet. Han tog mig hårt. Gång på gång. Mitt underliv protesterade inte. Märkligt. Ingen lust men kroppen var beredd.

Kanske något slags självförsvar? Han nöp mig hårt i skinkorna och till slut så gick det för honom. Sprutade hela mig full. Han lät som en brunstig älg en lång stund. Han la sig ner och jag sjönk ner på mage. Tårarna rullade osedda nerför kinderna i samma takt som sperman rann ur mig. Vad skulle jag ta mig till?

Borstade tänderna ännu en gång med automatik, tittade på mig själv i spegeln utan att orka se vad jag såg, och Peter ställde sig bakom mig i badrummet. Kramade om mig och tog mina bröst i sina stora valkiga händer.

”-Jisses vilka bomber du har! Är du gravid eller?”

Jag stod stilla utan att andas och nickade osäkert efter en stund. Jag tittade honom rätt in i ögonen för att försöka hitta den snälle Peter. Log lite försiktigt. Fick en örfil. Gick blixtsnabbt.

"-När hade du tänkt att berätta det då?" sa han
och tittade uppfordrande på mig med kalla ögon.

Åh vad jag hatade de ögonen. Mitt hjärta dun-
kade frenetiskt. Jag ryckte nästintill osynligt på
axlarna och funderade febrilt på vad jag skulle
säga. Det brände på kinden och jag väntade mig
en smäll till. Hårdare denna gång.

"-Fan vad roligt! Har du berättat för Love?" sa
han och såg barnsligt lycklig ut.

Jag skakade snabbt oskyldigt på huvudet och
Peter ropade genast uppfordrande på vår dotter.
Hon kom direkt när hennes pappa kallade. Nyva-
ken och fin. Såg glad ut.

"-Du ska bli storasyster!"

Love blev verkligen alldeles till sig. Hon undrade
när och ville se babyn med en gång. Hon la sitt
lilla öra mot min platta mjuka mage med sitt lilla
varma öra och försökte höra babyn därinne.

Jag blev lycklig för en kort stund, ögonen tårfyll-
des, och jag funderade på om det kanske var
detta som behövdes för att vi skulle bli en riktig
familj. Nu kanske Peter skulle lugna ner sig lite.
Jag skulle ju vara mamma till hans två barn. Nu
skulle han säkert kunna lita på mig.

6

Huset var vitt, stort och ståtligt. Fem eller sex våningar högt. Låg på rätt sida Skanstorget. Mycket viktigt. Gångavstånd till allt väsentligt i Göteborg. Tjocka genuina väggar och en bred trappa med djupa steg i sten som slingrade sig upp i huset. Väggarna bjöd på fina väggmålningar som berättade om förr. Stämningen var både varm och bekant. Det kändes riktigt hemtrevligt. Var det verkligen någon som bakat kanelbullar i trappuppgången?

Mindes en återkommande dröm från barndomen där jag sprang och sprang i oändliga trappor. Det kändes som om det var i mormor och morfar hus men det var det inte. Det var ett påhittat hus. Tror jag. Trapporna var långa och gick som i en spiral. Jag sprang men kom aldrig fram. Jag vågade aldrig stanna på en trappavsats. Kändes inte bra. Lika bra att fortsätta springa. Trappan i detta hus liknade trappan från drömmen som nu förvandlades från drömmens mardröm till vuxenlivets önskedröm. Här ville jag verkligen bo.

Jag och flickorna var på väg upp för de många trappstegen till vårt nya, eventuellt, vårt nya hem. Fyra slingrande trappor utan hiss. Okej. Bra med vardagsmotion hade jag hört.

Storköpens tid var alltså förbi. Äntligen. På tiden.
Så genuint trött på att leka lyckliga familjen.
Snarare löjliga familjen. Jag gillade min moderna
nya familj. Bara jag och flickorna. Både Alice och
Love var lite uppspelta. Mina fina flickor.

Det stod gamla krukväxter i alla fönsternischer
på varje våningsplan. Såg ut som om någon fak-
tiskt vattnade dem med jämna mellanrum. Vi var
flera familjer som fått erbjudande om att titta på
citylägenheten. Vi var där samtidigt. Kändes lite
märkligt. Det var den nuvarande hyresgästen
som öppnade den tunga gamla ytterdörren för
oss. En beige dam i sextiofemårsåldern med
silvrig page. Hon visade oss runt på ett tafatt,
snurrigt sätt och bad oss titta runt lite på egen
hand också. Det såg ut som om hon inte bott i
lägenheten på ett bra tag. Såg ensamt och en bit
övergivet ut. Lite sorgligt.

Det var en fin gammal lägenhet med stuckaturer i
taken, höga golvfoder och djupa fönsternischer.
Väldigt slitet på sina håll. Egentligen överallt.
När jag kisade med ögonen kunde jag ana hur det
skulle kunna bli. Undrade med stor oro om alla
på visningen var lika bra som jag på att se hur det
skulle kunna bli. Hoppades inte det. De såg inte
sådana ut.

Fönstret i vardagsrummet stod på vid gavel. Den
ljumna sommarvinden lovade en varm sommar.
Jag kände bara att jag var så lycklig! Här skulle vi
bo! Kändes helt rätt. Jag måste absolut måla om
allt. Allt.

Väggarna hade småblommiga tapeter blandat med en hemsk historia från sextiotalet. Lite lätt håriga tapeter i ett rum. Golven var fina även om de skulle behövas fixas och slipas de med. Om jag trollade med knäna så skulle jag kunna göra denna lägenhet till vårt drömhem.

"-Detta är mitt rum" sa Love och sträckte samtidig ut armarna som på toppen av Mount Everest.

Hon stod mitt i vardagsrummet. Hon hade vuxit så på längden den sista tiden så jag kände nästan inte igen henne. Hennes hår var nästan ner till den utsvarvade midjan. Topparna borde kanske klippas? Hon pratade om att hon ville färga håret svart. Hennes naturliga rågblonda hår behövde verkligen ingen färg. Absolut inte svart. *Magica de Hex.* Love pratade om att det var av en djupare anledning som hon ville färga det. Vi var inte överens där ännu. Visste att hon förmodligen skulle vinna förhandlingen men jag ville förhala den så länge jag bara kunde. Kanske hann hon ändra sig innan hon verkställde sitt beslut. Min lilla söta docka.

"-Jag vill inte bo här" sa Alice trumpet.

Jag var inte det minsta förvånad egentligen. Alice var inne i en period där det var fel på det mesta. Hon var lite sluten och ville inte prata. Kanske hängde det ihop med skilsmässan. Jag försökte vara extra gullig mot henne. Det brukade fungera. Min lilla stjärna.

"-Vi kommer att kunna göra det så fint" sa jag
och försökte få Alice att le.
"-Du brukar ju gilla att hjälpa mig att måla och
fixa hjärtat" sa jag och kramade om henne.

Den tomma våningen skrek bara efter lite kärlek
och omvårdnad. Jag hörde både taken, väggarna
och golven.

"-Lite omtanke tack"

Lägenheten ville bara ha min känsla för inred-
ning.

De gamla fönsterglasen var så vackra trots att
avgaserna gjort blekta tatueringar då de suttit lite
för länge på glasen. Som en grå slöja. Det kliade i
mina fingrar. Jag ville ta den stora hinken med
varmt vatten och börja tvätta av rutorna en efter
en. Damen skulle nog undra. Förmodligen bäst
att jag väntade en stund. De andra människorna
som tittade på lägenheten hade redan gått hem.

Vi pratade några extra ord med den äldre damen
innan vi gick ner till bilen igen. Tydligen var hy-
resvärden ganska snål så någon bekostnad reno-
vering kunde man se sig i stjärnorna efter. Glöm
och töm egna börsen. Allt man ville göra fick man
alltså göra själv.

"-Fasiken!" utbrast jag.

Hade fått dryga parkeringsböter på bilen.

Passade inte alls bra nu. Hade glömt att lägga på
bilen när vi sprang upp till visningen. Jaja, bara
att betala på något sätt. Fick förmodligen snåla in
på något annat. Hade köpt alldeles för mycket
saker när vi var iväg. Blev lite sprit på flyget och
en parfym till mig själv. Sen hade jag köpt både
bikini, tre par skor och fyra klänningar till mig
själv och presenterna till döttrarna. Fick bli en
ekonomisk månad från och med nu.

”-Hej! Ja, det här är Lollo Henriksson som var
och tittade på lägenheten på Skanstorget igår.”
”-Jaa...”
”-Jag ville bara meddela att jag gärna tar lägen-
heten!” sa jag glatt.
”-Jaha, det var ju roligt men det funkar inte rik-
tigt så.” sa rösten på andra sidan luren lite syrligt.

Hon lät som om det var längesen hon var lycklig.
Lite som jag då.

”-Hur funkar det då?” undrade jag oroligt.
”-Du får gå in på nätet och anmäla ditt intresse
efter visningen och sen hör vi av oss om du får
lägenheten .”

Gatan var full med glada helgflanerande männi-
skor utan egentligt synligt mål. Vädret var otro-
ligt bra. Butiken låg i bottenvåningen i det gamla
fina huset. Tre trappsteg upp och sen var man
inne i butiken. I drömmarnas boning. Där inne
luktade det alltid gott och ljussättningen var per-
fekt för att få alla att trivas där inne.

Vi hade även ett provrum eftersom vi ibland köpte in några få fina plagg. Provrummet var perfekt. Lagom stort, en bekväm fåtölj att sitta ner i, rejäla krokar att hänga upp saker på samt en skön belysning. Spegeln var av en snäll sort som förskönade det som hade det behovet. Mitt favoritrum.

Thomas hjälpte precis ett äldre fint par ut genom den gamla tunga butiksdörren. De bar på ett magnifikt paket tillsammans. Det var något vi aldrig gjorde avkall på. Paketinslagningen. Fint skulle det självklart vara. Hoppades innerligt att innehållet kostade mer än själva paket-inslagningsmaterialet.

"-Hallå Thomas! Håll upp dörren för mig med!"

Jag småsprang in genom dörren på mina höga klackar. Famnen full med tre nygjorda latte och lika många morotskakor. Så gott!

"-Oj, oj, oj! Vad firar vi?"

Thomas ögon glittrade och tittade nyfiket på mig.

"-Jag fick lägenheten!"

Thomas lyfte upp och snurrade runt mig så jag skvimpade ut kaffe över min nytvättade skjorta men vi skrattade ikapp trots det.

"-Herregud vilket team vi blir!"

Jag kände mig så himla lycklig.

”-Alla i stan! Grattis Lollan!”

Thomas släppte ner mig igen och vi satte oss ner ihop med Paula för att fika. Vi gjorde upp grandiosa planer för framtiden och tittade på hur vi skulle kunna umgås ännu mer nu när vi skulle få gångavstånd till varandra. Kanske skulle Love kunna jobba extra i butiken under helgerna? Måste prata med henne, skulle vara helt perfekt.

Jag började planera mitt nya liv i nya lägenheten. Kanske dags att ta tag i gamla surdegar som blivit liggande. En av dem var att rensa ut förrådet. Jag skulle aldrig få plats med all den skiten på Skanstorget. En annan av surdegarna var Alex. Gick inte att förhala längre.

Nu var jag äntligen på väg till ett definitivt avslut. The Big Bang. Dags att säga hej då forever på riktigt till Alex. På tiden. Skulle som sagt kunna tänka mig att bli påsatt av honom en sista gång men sen skulle det vara helt över.

För alltid. Skulle bli skönt att äntligen sätta punkt. Kände mig lite som en tjuv om natten. Skämdes över mitt eget beteende. Han var ju gift. Hade alltid varit det. Skäms på dig! Jag var ju i och för sig singel. Men ändå.

Jag hade faktiskt försökt att avstyra vår kommande träff på fullt allvar. Flera gånger. Min suktande kropp vann dock varje övertalningsförsök.

Min kropp ville verkligen mer än gärna träffa honom en sista gång och mitt huvud frågade vad det skulle göra för egentlig skada?

Alex hade låtit mer än nöjd när jag pratade med honom sent igår kväll. Han hade varit ute med familjens hund. En labrador tror jag att det var. Han såg fram emot vårt möte. Tror inte att han anade att jag verkligen menade allvar med att det här var sista gången. Hej då på riktigt!

Jag körde genom det böljande landskapet som om det vore ett vakuum. Hade kryssat mig ur innerstan i all trafik direkt efter jobbet. Nu var det längre mellan bilarna och landsvägen slingrade sig fram framför bilen. Tittade bara rakt fram. Såg varken bakåt eller åt de vackra sidorna. Fullt fokus framåt. Allt kändes flummigt omkring mig. Nu var det dags. Resan upp tog nästan två timmar. Parkerade vid den sorgliga vägkrogen där Alex bokat rum. Vägkrog. Eländes elände. Kändes så billigt. Jag var värd så mycket mer än det här. Tänk om jag stötte ihop med någon som jag kände i verklighetens ödemark? Så pinsamt.

Jag lämnade demonstrativt kvar min sporadiskt packade övernattningsväska i bilen. Ville inte bli påkommen med de långa fingrarna i den alltför klibbiga syltburken.

Gick raka vägen in i den enkla kombinerade bensinstationen slash motellreceptionen och frågade efter Alex rumsnummer.

Tjejen bakom disken såg mer än totalt uttråkad ut. Vem skulle inte gjort det? Det enda som livade upp stället var hennes hårband i neongrönt, det blekta håret samt hennes putiga bröst. Svårt att låta bli att titta även om jag egentligen var totalt ointresserad jag med.

”-Jag ska bara lämna en sak han glömde” sa jag som om det ursäktade mitt beteende.

Jag letade upp det skämmiga rummet som låg på andra våningen. Nummer tvåhundratretton. Det luktade konstigt i korridoren. En blandning av överkokt korv och billigt rengöringsmedel. Så sorgligt. Jag var alldeles kallsvettig och visade mig absolut inte från min bästa sida. Nej, detta var garanterat sista gången som jag satte mig i en liknande situation. Varför utsatte jag mig för skiten? Jag är värd så mycket mer!

”-Äntligen, som jag har längtat!”

Alex kramade om mig som aldrig förr. Kyssen var både het och djup. Tog bara ett par sekunder så vaknade min patetiskt suktande kropp till min förvåning. Hittade just då inte ett enda vettigt argument till att säga nej tack. Min kropp behövde kärlek. Nej tack. Inte nu. Absolut inte.

Men det var absolut sista gången jag utsatte mig för något liknande. Men nu var han min. Till hundra procent. Våra kroppar uppskattade varandra mer än mycket.

Alex var som en gud. Fantastiskt. Mörk, musku-
lös med en intensiv blick. Min. In my dreams.
Min. Alexs kyssar brände på mina läppar. Han
kysste av mig mina svettiga kläder. Plagg efter
plagg. Han la mig försiktigt ner på rygg och
kysste bort mina tårar. Hela min kropp värkte av
lust. Jag älskade hans kropp mot min. Hans
tyngd tillhörde mig just där och då. Hans mun
fortsatte som för att kyssa mig luftslottshel igen.

Mina bröstvårtor hårdnade och jag längtade efter
att han skulle tränga in i mig. Han tog all tid i
världen på sig. Ingen brådska. Han kysste och
blåste lätt om vartannat. Särade på mina ben och
tog hand om mig gång på gång.

När vi hade duschat efteråt och låg bredvid
varandra i den smala sängen så ångrade jag mig.
Totalt. Kändes som om jag fick ångest. Trycket på
bröstet ville inte avta. Kände ingenting för denne
man. Ingenting. Verkligen ingenting. Vad höll jag
på med? När kroppen var tillfredsställd fanns
ingenting kvar. Ingen respekt fanns i rummet.
Ingenting att bygga på. Ingen respekt för honom
och absolut ingen för mig själv heller. Hur kunde
jag tillåta mig själv att sjunka så lågt? Skämdes
återigen över mig själv. Jag hade ju lovat att ta
hand om mig själv efter min skilsmässa för flera
år sedan. Aldrig mera självförakt. Bara njutning!
Jag låg bredvid en lätt snarkande man med
varma tårar i ögonen. Ett sådant misslyckande.
Vad höll jag på med?

Jag vaknade abrupt av att hotelltelefonen ringde. Alex hade åkt iväg tidigare på morgonen. Utan frukost trodde jag. Skulle jobba hade han nog sagt. Jag hade förmodligen slumrat till igen efter att han kysst mig på kinden innan han lämnade rummet. Borde kanske också komma iväg. Var tvungen att äta något matnyttigt innan. Magen kurrade alldeles tom. Ingen riktig middag igår. Telefonen gav sig inte. Jag lyfte luren långsamt nästintill uppgiven.

”-Hallå”
”-Hoppas du är jävligt nöjd med dig själv nu din jävla kuktjuv!”

Det var en kvinna som halvskrek i telefonen. Jag fattade verkligen ingenting. Vad var det som hände?

”-Du måste ha kommit fel” försökte jag.
”-Du ska låta bli att knulla min man. Jag kommer aldrig att förlåta dig!” skrek hon.

Jag blev helt iskall och satte mig rakryggad upp i sängen. Alex fru. Jag visste inte ens vad hon hette. Hade aldrig frågat. Hade inte varit intresserad. Hade inte velat veta några detaljer och han hade inte propsat. Jag hade bara velat att hon skulle försvinna på något odramatiskt sätt. Nu ville jag helst bara försvinna helt själv. Stackars kvinna. Stackars Alex. Stackars mig.

På något sätt så lyckades jag lägga på luren. Det var helt tyst i rummet. Var högröd i ansiktet.

Skamsen. En sådan flopp. Somliga straffade Gud genast.

Jag lyckades fixa iordning mig och lämna rummet innan det hann ringa igen. Mina tankar irrade kring och det var med stor tur jag lyckades forsla hem bilen igen.

Hade slagit Alex en signal från bilen. Han hade svarat lite irriterat. Ville ju inte att jag skulle ringa. Jag hade snabbt förklarat vad som hade hänt på morgonen. Hans första reaktion var att skälla på mig för att jag hade svarat i telefonen. Skitstövel. Sen sa han inte mycket mer. Jag sa hej då och hoppades att det var helt över för min egen del.

Eftermiddagen försvann snabbt eftersom kunderna avlöste varandra. En hög med paket som skulle slås in. Älskade mitt jobb men hade önskat lite mer egentid för att kunna planera försäljningen av Furuslätten.

Skulle bli så skönt att bli av med den fasta kostnaden. Jag hade tvingats att köpa under helt fel tid. Höga räntor, få objekt till salu och många intresserade köpare. Ingen bra kombination. Hade fått hyra den av de presumtiva säljarna i början. Jag hade inte haft råd att köpa den i steg ett. Var i en smärre tacksamhetsskuld till de som ägt lägenheten före mig. Ja, ja, det var ju bara pengar. Jag hade lite kvar efter min och Peters villa. Peter hade köpt ut mig efter många om och men.

Kändes som om han hade blåst mig men strunt samma. Jag ville skiljas och hade lyckats åstadkomma det med. Skulle inte vilja ha det ogjort. Alla fick nog sitt straff till slut.

Vi hade fått alla de nya varorna. Packat upp det mesta. Flera olika rottingmöbler som vi trodde skulle bli en bästsäljare nu på försommaren. Vi skulle ha uteplatspremiär nu på lördag. Thomas hade varit iväg och köpt in flera stora krukor med enkel vass i. Vi hade bjudit in folk från både Engelska Tapetmagasinet, Saluhallen och Gildas. Vi ville skapa ett helhetstänk där lyx var en av huvudingredienserna. Carpe diem!

Det blir inte bättre än du gör det och en massa andra floskler. Dagarna flöt på och jag hann knappt tänka. Skönt. Det var bara på kvällarna som jag kände mig lite ensam.

Kunde inte tro mina ögon. Trodde knappt att det var sant. Satt på banken och skulle precis skriva kontrakt med de unga köparna till lägenheten på Furuslätten. Regnet smattrade envist mot bankens stora lätt repade panoramafönster. Det hade regnat i flera dagar. Jag hade kommit till banken med mina stora blekrosa gummistövlar på fötterna. Hade inte funnits några andra alternativ. Trots regnet så kändes det som den bästa dagen på riktigt länge. Jag hade fått sålt lägenheten ganska med en gång. Fått mycket bra betalt. Hade gått med vinst. Rekord i föreningen!
,

Fantastiskt! Hörde mormors ord i mina öron:

"-Gud är god mot de goda. "

Pengarna skulle säkert komma väl till pass när jag skulle ansiktslyfta min nya drömlägenhet på Skanstorget. Skulle bli så otroligt roligt. Jag satt glad mittemot köparna med ett stort leende från sida till sida. Kunde knappt sitta stilla. Kände mig som ett barn på Liseberg. Det gick inte att vara stilla! Jag försökte skärpa till mig så de inte skulle ångra sig. Vi satt inne hos banken på Linnégatan. Konferensrummet var i behov av en uppdatering.

Vi hade fått svagt kaffe i enkla plastmuggar och mjuka Ballerinakex. Jag åt tre stycken. Bankmannen var rätt så stilig i sin vita skjorta. Den var nog ny då man kunde se var knappnålarna hade suttit från förpackningen.

Köparna var ett par under trettio. Hon var jättegravid och han var riktigt ful. Ja, hon var alltså inte snygg hon heller egentligen. Magen såg hård och bestämd ut. De höll varandra krampaktigt i handen och släppte inte ens taget när de skulle skriva under kontraktet. Oansvariga människor. De hade ingen aning om vad som väntade. Bitter? Jag?

"-Grattis till nya hemmet då!"

80

Vi tog varandra i hand och lyckönskade varandra som man skulle. Paret smilade åt varandra och såg bara så lyckliga ut som väntande par kan göra. Bankmannen torkade bort en svettpärla från sin något rynkiga panna och blinkade till mig med ena ögat.

Jag hade precis betalt av mitt stora lån och fått kontanter på mitt konto. Kändes som om jag var en miljonär även om det saknades cirka 850 000 kronor för att det skulle stämma. Men... bra kändes det. Himla bra. Jag blinkade inte tillbaka utan funderade på om jag skulle fira med hämtmat eller inte. Fanns en bra pizzeria i Hovås.

De skulle alltså ta över min lilla lägenhet på Furuslätten i Skintebo inom kort. Den var byggd någon gång på det glada sjuttiotalet. Jag hade fixat så mycket med lägenheten som min plånbok hade tillåtit. Väggarna var brutet vita och hyfsat nymålade. Hade även varit tvungen att ta taken flera gånger då det bott en rökare där innan. Taken hade varit alldeles gula. Jag hade köpt en specialfärg som var svindyr för att försöka fixa det värsta. Hade blivit helt ok. Luktade ingenting. Golven hade jag inte haft råd att fixa förutom det i köket. Övriga golv var klassisk ekparkett i vardagsrum och hall. Borde kanske slipas.

Hade jag bott kvar hade jag slipat och sen oljat parketten.

Nu fick nya köparna välja själva hur de skulle ha det. I sovrummen låg en ljusgrå heltäcknings-matta som jag hade hatat i början men som fak-tiskt hade funkat riktigt bra med alla vita möbler och vita små mattor på.

I år hade jag även fixat min uteplats. Den var inte så stor men ovanligt fin. Räckte att slänga ett öga till närmaste grannarna. Min var outstanding! Jag tror den var cirka fjorton kvadrat. Tidigare var det en liten gräsmatta där och gamla rosen-buskar som jag aldrig fick ordning på. Nu hade pappa hjälpt mig och fixat ett trädäck. Jag hade bara kvar rabatter på utsidan av det låga staketet. Perfekt.

Men... nu var huset alltså det gravida parets. Grattis till er. Grattis till mig. Nu börjar ett nytt kapitel i mitt liv. Tack för det. De skulle flytta in i lägenheten först om drygt tre månader. Jag skulle få nyckeln till Skanstorget redan om två. Helt perfekt. Då skulle jag kunna fixa till hyreslä-genheten i god tid innan jag flyttade in. Lyx att slippa bo på en byggarbetsplats återigen. Jag hade kontaktat hyresvärden lite försiktigt för att se om de eventuellt kunde bekosta en uppfräsch-ning av lägenheten. Den var ju väldigt sliten. Ta-peten i hallen hade exempelvis lossnat uppe vid taket. Ena väggen i köket var missfärgad och det var flottigt där sängen hade stått. Hyresvärden var som väntat stenhård på den fronten. Ville jag ha något gjort så fick jag göra och bekosta det själv.

Jaja. Vad var väl en bal på slottet. Jag var så nöjd att jag fått lägenheten. Hyran var relativt låg så vad gjorde det?

Luft, hopp, kraft, energi och väldigt vitt. Härlig takhöjd och fräscht. Vi hade precis kommit in i lägenheten efter att Thomas varit en ängel. Han och en kompis hade fixat allt måleri även om jag i sanningens namn kunde måla själv. Men så lyxigt att få hjälp. Thomas hade sagt att hans kompis behövde snacka och det var en bra sysselsättning under tiden. I gengäld hade jag tagit hand om Thomas lilla Tindra. Jag och Alice hade tagit med denna lilla förtjusande fyraåring till mina föräldrar. Säga vad man ville om pappa med det var verkligen en upplevelse att åka hem till honom. I alla fall för en liten tjej. Pappa födde upp papegojor sen vi barn flyttat hemifrån.

Han bodde tillsammans med mamma i ett fyrkantigt platt radhus på Blåklintsvägen i Kungsbacka. Två plan. Så långt ganska vanligt. Men där försvann det vanliga. Hela övervåningen var som en gigantisk fågelbur. I undervåningen där mamma och pappa levde så fanns det inte en ledig centimeter i fönsterbänkarna. Krukväxter på rad överallt En del fina. Kanske nya. De flesta lite skruttiga. På tillväxt trodde jag. I en del krukor var det bara jord som såg lite möglig ut. Skulle kanske bli något fint en dag. Den som väntade skulle kanske få se. Så otroligt äckligt allting.

När jag tänkte tillbaka på min barndom så hade jag inga minnen av att vårt hem skildes sig från mina kompisars. Varken jag eller Anton hade blivit retade. Jag vet att jag tyckte att vi hade det lite tråkigt hemma hos oss. Jag älskade IKEA-katalogen och drömde om att möblera om mitt rum. Jag tror att förfallet hade börjat när vi flyttat hemifrån. Då fanns det inga större krav utan mamma och pappa kunde ha det som de trivdes mest med. Det spelade kanske ingen roll.

Mamma och pappa var snälla människor och det var det viktigaste och sen verkade de vara lyckliga. De var så snälla mot varandra och jag tror inte att de saknade något i sitt liv.

Alice agerade den perfekta barnvakten. Hon höll lilla Tindra i handen och visade runt. Tindra såg upp till Alice som verkligen växte med uppgiften. Hon skulle kunna bistå med barnvakteri framöver. Måste säga till Thomas så han visste. Perfekt med en extrapeng då och då.

Jag hade inte koskräck men absolut fågelnojja. Det dammade i luften. Man riktigt kände hur ohyran gick innanför skinnet på en. Jag hoppades att Tindra inte skulle lukta illa när vi lämnade tillbaka henne. Pinsamt i så fall. Men vad gjorde man inte för att få en fin lägenhet?

Tindra hade varit mer än nöjd, grå jackon Hector hade suttit på hennes axel och skrikit

"-Jippi!"

Tindra hade tittat på Alice och viskat

"-Jippi" hon med.

Mamma gödde oss med nybakade kanelsnurror, vi satt i radhusträdgården och njöt av den sista höstsolen, och hon tyckte absolut att jag skulle fundera på att skaffa en liten till innan det var försent. Jag hade bara skakat på huvudet med ett leende. Mamma hade velat ha fler barn än oss två som hon hade fått men det hade tydligen inte gått. Hennes kropp hade protesterat på något sätt. Hon hade fått nöja sig med oss.

Men jag måste hålla med om att Tindra fick en att bli sugen. En sådan docka! Jag var redan jättenöjd med mina fina två flickor. Hade inga romantiska drömmar som helst om att få fler barn. Skulle jag träffa en man i framtiden utan barn som gärna ville ha så kanske jag skulle kunna tänka mig att överväga en graviditet för vår relations skull. Själv var jag ju som sagt nöjd. Min kropp var också nöjd. Mer än så. Tror inte att kroppen egentligen hade orkat med en graviditet till. Även om jag hade velat ha fler barn så kvarstod ett stort bekymmer. Jag hade ingen man som var pappamaterial. Men mamma gav sig inte. Hon ville så gärna ha ett barnbarn till om hon fick bestämma.

Lägenheten var helt ljuvlig. Sköna hem.

Lägenheten hade blivit bättre än jag hade kunnat föreställa mig i mina vildaste drömmar. Thomas hade övertalat mig att sätta en fondtapet i vardagsrummet. Tvärrandig med vita, matta och blanka ränder om vartannat. Tror den var från Designer Guild. Jag hade tyckt att det var onödiga pengar men Thomas hade som sagt övertalat mig och sagt att han skulle betala den annars. Den var helt rätt. Som pricken över i. Jag betalade den och var så nöjd.

Love och Alice hade till slut bestämt att de skulle dela det största sovrummet i lägenheten. Planen var att dela av rummet. Inte klassiskt med bokhyllor eller en våningssäng utan genom att ha olika zoner i rummet. De hade även bestämt sig för att ha en fondvägg. Det blev jättefint. Den hela väggen som man såg direkt när man tittade in i rummet hade fått en fototapet som Love hittat på nätet. Helt magisk känsla i rummet. Bra smak de hade.

Jag hade fått den lilla skrubben. Eller jungfrukammaren som vi skulle kalla den. Ett krypin. Helt ok med mg. Jag hade kallt räknat med att få sova i soffan de närmsta åren. Allt för mina barn. En sann offermamma av idag. Kunde tydligen utplåna mig själv bara mina barn var nöjda. Eller? Jag var tacksam över att mina flickor uppskattade att dela rum med varandra så jag fick ett litet utrymme för mig själv. Jag var faktiskt vuxen. Stor flicka nu. Kanske lite väl stor. Borde kanske banta några kilo men det verkade vara så extremt tråkigt.

Vi ägnade hela helgen åt att möblera och inreda. Skytteltrafik till IKEA för att komplettera. Vi köpte en jättefin loftsäng i järn till Alice på Blocket. Bara åttio centimeter bred men väldigt hög. Under sängen skulle hon ha sitt skrivbord. Love skulle ha andra delen av rummet och fick även plats med en tvåsittsoffa i sin zon. Soffan hade vi fått av Paula som skulle byta ut sin hemma. Inget fel på den. Vit, skön att sitta i. Ingen bäddsoffa men den var bättre än inget till en början.

Vi packade upp allt redan under första dagen. Jobbade så effektivt och bra ihop. Alice hade kopplat in stereon som trots sin ålder levererade ovanligt ljuvlig musik i hela lägenheten. Vi lyssnade på Tomas Ledin och sjöng samtidigt som vi fixade.

Paula kom förbi tidigt på söndagen med en fantastisk inflyttningspresent. En ljuslykta i glas från Villeroy Boch. Så fin. Inte från vår butik som omväxling utan från anrika NK på Östra Hamngatan. Den fick sin givna plats på matsalsbordet som var placerat till höger i vardagsrummet. Köket var egentligen bara en kokvrå så vi skulle sitta vid matsalsbordet och äta. Mycket charmigt. Rummet var stort så det kändes rätt.

Vi bjöd Paula på härlig pannkakslunch och diskuterade svåra frågor som till exempel vilka kuddar vi skulle ha i soffan. Använda de gamla eller köpa nya?

De gamla var inte gamla utan relativt nyköpta
och framförallt svindyra trots att jag köpt dem till
inköpspris. Men vad gör man när man inte vill ha
dem i soffan längre? Bra tips emottages tacksamt.

Paula berättade om sina senaste bravader på kro-
gen. Det var nästan två veckor sen vi sågs. Flytten
hade tagit all min tid. Paula var en otrolig kvinna.
Så positiv och fartfylld. Undrade om hon någon-
sin skulle lugna ner sig. Hon brukade säga att
hon längtade efter att skaffa familj men jag und-
rade om hon fattade vad det innebar. Jaja.

"-... så kommer han fram bakom mig och säger i
mitt öra... jag kände hans andedräkt mot min
nacke... fattar du... så säger han:"
"-Vadå?"
"-Innan helgen är över så har jag satt på dig fem
gånger!"
"-Hallå eller?"
"-Vem trodde han att han var? Så kaxig!"

Paula lutade sig tillbaka bland kuddarna i soffan
och flinade.

"-Ja men vad hände sen då? Var han snygg? Dan-
sade ni?"

Jag märkte att jag var så nyfiken att jag knappt
kunde stilla mig. Måste skaffa mig ett eget liv.
Svårt att leva genom någon annan...

"-Om vi dansade? Det kan du fethajja! Nej det
gjorde vi faktiskt inte.

Men när jag frågade om han ville dansa så sa han att jag skulle komma med honom hem istället. Direkt. Jag vet inte vad som flög i mig men jag följde med honom. Tog honom i handen och trippade ut efter honom på gatan!”

”-Var ni på Bubbles?”
”-Nej på Deep, as usually! Han bodde precis uppe på Arkivgatan. Fantastisk lägenhet förresten.”
”Skit i lägenheten. Vad hände sen?”

Svårt att dölja mig otålighet. Jag ville ha de snaskiga detaljerna.

”-Ja, mindes du vad han lovade vid bardisken?”
”-Japp.”
”-Han höll inte sitt ord.”
”-Tänkte väl det. Han hade väl inte ett S som Stålmannen på bröstet? Dessa karlar... de bara lovar och lovar.”
”-Han satte på mig sju gånger! Det var det skönaste jag varit med om. Han var som en gud, en gud med stånd. Du förstår vad jag menar!”
”-Men herregud, berätta mer. Du skämtar?”
”-Nej, inte mycket mer att berätta. Jag gick med honom hem på fredagskvällen och gick nöjd därifrån på söndagen. Öm och väldigt lycklig. Mycket nöjd.”
”-Nu blir jag avundsjuk. När ska ni ses igen?”
”-Vi ska inte ses igen.”
”-Ha? Du skämtar. Varför inte?”
”-Han är inte killen man träffar igen. Han var bara killen man blir påsatt på sju gånger på en helg. En sådan goding!”

”Men hallå, vill du inte träffa honom igen?”
”-Kanske i sängen men inte i vanliga livet. Nej
tack.”
”-Jag förstår mig inte på dig.”
”-Inte jag heller. Jag lovar att jag ska peka ut ho-
nom nästa gång vi går till Deep.”

7

Jag ville helst tro att han säkert var en bra pappa innerst inne. Han hade nog aldrig medvetet gjort dem illa. Det höll jag i alla fall tummarna för. Han älskade sina barn, båda två, på sitt sätt och han älskade kanske även mig på sitt egna speciella vis. Så försökte jag tänka när jag inte såg någon annan utväg. Han gjorde säkerligen så gott han kunde även om det inte räckte på långa vägar. Uttrycket *"man gör så gott man kan"* gjorde mig tokig ibland. Om det inte räckte då? Vad gjorde man då? Att gömma sig bakom gamla ordspråk fungerade inte i min värld.

I början vågade jag en och annan gång ta upp hans orimliga och orättvisa svartsjuka till diskussion. Det kunde vara en dag när allt var riktigt bra. När det bara var han och jag i närheten. Ingen alkohol alls. Fint väder och allt annat var också lyckat. Dagar som jag levde på hoppet. Höll nästan andan. Ville inte förstöra stunden. Hoppet om att det skulle kunna bli riktigt "tomtebolyckligt"-bra emellan oss fanns fortfarande. Trots allt som hänt. Han kanske skulle ändra sig så småningom?

"-Om du lämnar mig så kommer du att bli sittande i en liten tvåa i Bergsjön!

Du klarar inte ens av att försörja dig själv. Du behöver mig mer än du fattar."

Han sa det om och om igen. Som ett mantra. Jag undrade alltid varför att trodde att jag skulle hamna i just Bergsjön.
Vi hade ingen som helst relation till det området. Jag hade nog inte ens varit därute som vuxen. Förmodligen var det bara en av alla fördomar som han andades. Om han sa det tillräckligt många gånger så skulle det kanske bli sant. Eller? Om han hade vetat att det påståendet var en av de sakerna som jag hade som drivkraft när jag äntligen skulle våga lämna honom då kanske han hade passat sig för vad han upprepade. Jag skulle hellre bo ensam i ett okänt område än att bo med honom i fina villan i Billdal. Det var bara en tidsfråga. Jävla idiot. Han skulle få se. Och alla andra blinda lama jävlar omkring mig skulle också få se. Jag skulle själv dela ut blindkäppar. Skulle fixa detta själv.

Jag visste inte vilka runt omkring mig som hade koll på att vi hade det som vi hade det. Mamma och pappa hade ju hört att vi tjafsade uppe i stugan bland annat. Mamma brukade dock titta lite förebrående på mig som om det var mitt fel.

En gång för länge sen när jag rusat in i sovrummet med tårarna rinnande för kinderna efter att Peter tagit mig hårt i armen vid middagsbordet hemma i Kungsbacka hade jag hört jag att pappa gjorde sig lustig på min bekostnad.

Han hade sagt något i stil med

"-Jo där har du fått något att bita i Peter."

Vissa kommentarer bet sig fast. Ville gärna glömma men kunde inte. Såg de inte vad han gjorde mot deras dotter? Hade någon gjort så mot mina döttrar så hade jag polisanmält honom omgående. Jag hade gjort allt för att skydda dem mot honom.

Genom åren hade vi varit på flera fester och andra tillställningar där Peter druckit och blivit otrevlig mot mig. Någon måste ju ha sett. Han brukade vanligtvis inte smälla till mig inför andra. Han var mer raffinerad än så. Han klämde hårt i min arm eller drog mig i håret när ingen såg. Hot, både sådana som jag visste skulle verkställas på lämplig tidpunkt och andra som bara gjorde ont i själen, var veckobaserad standard. Bara för mina eventuellt hårdhudade öron.

Våra så kallade vänner tyckte nog att Peter var en riktig festprisse. Alltid på gång med skratt och roliga plumpa historier. Jag trivdes aldrig i dessa sällskap. Var alltid orolig. Jag gillade bäst att vara hemma så det inte fanns så många störande moment. Peter kunde lätt få för sig att jag flirtade med våra vänner. Enklast var om jag var hemma med barnen. Då fanns det så få hot som möjligt. Jag hade dock provat att inte gå med på festerna som vi blev bjudna till. Peter gick själv utan problem.

Men på morgonkvisten när han snubblade hem
så fick han nästintill alltid för sig att jag knullat
runt när han varit borta. De gångerna var nästan
värst.
Jag kunde vakna med näsblod och undra vad
som hänt. Han stod över mig i sängen viftandes
med knytnäven i ansiktet. Vilken tur att jag burit
in barnen i deras egna sängar.

Helst ville jag upprätthålla fasaden kring det
lyckliga äktenskapet. En anledning var mina för-
äldrar. Jag hade inte upplevt att jag hade dem på
min sida. De var fortfarande lite uppfostrande
mot mig. I alla fall mamma. Pappa var mest i
bakgrunden. Trodde inte att mamma menade
något illa men hon fick mig att känna mig liten
och krånglig.

Min relation till mina barn skulle vara mycket
starkare. Oavsett vad de gjorde så skulle jag fin-
nas där för dem. På riktigt. En annan anledning
var min bror. Vi hade alltid tävlat om allt. Han
pikade mig för det mesta och jag ville inte ge ho-
nom fler möjligheter att klanka ner på mig. Peter
gillade inte Anton. Det var nog ömsesidigt. Peter
trodde att jag anförtrodde saker till min store-
bror. Hade önskat att det stämde. Men tyvärr var
det inte så. Peter trodde mig aldrig.

Jag var världsmästare på att få vårt hem och vår
familj att visa sig från sin bästa sida. Jag bytte
gardiner i precis lagom tid. Vi hade alltid nyplan-
terade blommor i krukorna ute på trappan. Brev-

lådan var alltid ren. Gräsmattan var nyklippt och rabatterna rensade. Barnen var duktiga på att hålla ordning och visste att man måste plocka undan innan man tog fram något nytt. Peter blev förbannad och irriterad om jag inte hade nybakat hemma. Det kunde ju komma besök. Han ville visa att vi bakade själva. Det hade alltid hans mamma gjort. Vi bakade. Vi och vi. Jag bakade. Vi fick besök alltmer sällan. Jag frös in. Frysen blev full den med. Peter tvättade bilen på garage-uppfarten minst en gång i veckan. Kunde polera den i en timma eller två. Allt för att hålla skenet uppe utåt. Som en sorglig hemlig pakt oss emel-lan.

8

Vi firade alltid julen uppe i semesterstugan i Grövelsjön tillsammans, tre mil ovanför Idre. Hade varit här uppe ända sen åttiotalet. Vi var mina föräldrar Annika och Lasse, min storebror Anton och hans fru Åsa och deras tre barn. Gustav, Rasmus och Niklas. Pinsamt egentligen. Pappa hade en tanke med våra förnamn. Anton hade ärvt den tanken. När vi var små och växte upp så skickade mina föräldrar julhälsningar till vänner och bekanta och skrev under alla kort med God Jul önskar Alla. A för Annika, l för Lasse, l för Louise och a för Anton. Alla. Påhittigt värre. Anton hade härmat den traditionen. Hans familj blev n för Niklas, å för Åsa, g för Gustav, r för Rasmus och a för Anton. God Jul önskar Några. Ja, fasiken vad barnsligt. Anton hade tur som hade Åsa som stod ut med allt. Hon var fantastisk. Jag lät bara bli att skicka julkort. Enklast så.

Vi hade som vanligt packat bilen kvällen innan vi skulle iväg. Skulle stanna däruppe från den tjugotredje till den tjugosjätte. Då skulle tjejerna till Peter för att fira med honom och hans föräldrar. Han hade en ny tjej som han sa att det var allvar med. Han funderade på att fria till henne hade han berättat. Jag hade ingen att fria till. Kanske tur. Det var väl inte skottår i år ändå?

Jag hade bara otur med mina relationer. Visste inte hur jag skulle bära mig åt. Hade svårt att styra mina tankar. Även om jag visste att Alex var en otrogen skitstövel så kunde jag inte sluta tänka på honom.

Han mejlade och smsade mig med jämna mellanrum. Precis när jag trodde att jag hade lite välbehövlig distans så dök han upp igen för att förstöra. Precis innan jag packat bilen klart för att åka upp till Grövelsjön så skickade han ett långt mejl.

Från Alex
Till Louise

Hej vännen!
Saknar dig så det gör ont i hela mig, det är det värsta jag varit med om i hela mitt liv.
Känner att ett liv utan dig inte är värt att leva.
Du räddar mig genom att jag får prata med dig annars vet jag inte hur det hade gått.
Jag har precis smsat dig.
Förväntar mig inte svar men är inte riktigt nykter som du kanske förstår.
Chansade att du kanske ville prata trots allt.
Min fru har försökt att ta livet av sig.
Jag kan inte lämna henne nu. Hon är helt förstörd.
Jag har haft bättre dagar än jag har nu.

Jag förstår att du inte vill ha kontakt med mig.
Du har säkert sagt det tusen gånger.
Jag sover bara ett par timmar varje natt och
tänker på dig.
Undrar om jag har gjort rätt val.
Jag och jag förresten
Känns som om min fru har gjort valet åt mig.
Eller att det är du som valt bort mig.
Fattar ingenting längre.
Vet bara att du är mitt livs kärlek och att jag
behöver dig för att vara hel som människa.
Snälla hör av dig till mig.

Jag överlever inte annars.
Som du förstår så älskar jag dig vanvettigt.
Ingen känsla som minskar heller.
Om det finns någon kvinna som kan få mig att
lämna min fru så skulle det vara du.
Du är fantastisk.
Jag tror på ödet och att det finns någon mening
med att vi har träffats.
Det blir säkert du och jag till slut.
Jag kanske är naiv men så känns det inom mig.
Jag älskar hela dig.
Älskar dig för mycket för att kunna släppa dig.
Älskar ditt leende, älskar ditt skratt, älskar din
kropp och din humor.
Älskar till och med dina utsugna bröst.
Du är vackrast i världen. På riktigt!
Att träffa en underbar kvinna som du gör man
bara en gång i livet.
Ditt ex måste vara dum i huvudet som lämnade
dig och ibland undrar jag om inte jag är lika
dum jag.

Snälla ring mig.
Jag älskar dig//Alex

Resan upp hade gått bra. Inte mycket trafik att prata om. Vi hade lyssnat på musik, ett radioprogram och på nyheterna. Alice hade gjort en frågesport för mig och Love. Hon hade vunnit. Vi hade stannat på vägen upp för att äta lunch, kissa och sträcka på benen. Lunchen bestod av pannbiff och potatis med en stabbig sås. Lingonen var rårörda. Vi köpte med oss varsin chokladbit för att börja vänja magen för kommande späkning. Det tog drygt tio timmar att komma fram. Ibland motorväg och sen några småvägar. Små samhällen jag var evigt tacksam för att jag inte bodde i. Mycket skog. Mycket snö. Vackert.

Mitt rum var litet men fint. Enda vitmålade rummet i hela stugan. En målning som jag hade fått strida för ordentligt julen efter skilsmässan. Rödvitrandig trasmatta på golvet. Mattan hade jag köpt på en julmarknad i Haga för ett par år sedan. En äldre kvinna hade vävt den när hon gick på vävkurs i Majorna. En röd pläd på det stora handvirkade överkastet som mormor mödosamt hade gjort en gång i tiden. Fönstret var minimalt men det räckte för att vädra ut efter den dagliga bäddningen.

I vanliga fall brukade jag och Peter sova i mitt rum men så hade det inte varit de senaste åren. Kändes bra så långt. Om det hade varit i vanliga fall nu så hade vi redan säkerligen varit ovänner. Varför vänta till senare? Peter hade gnällt, klagat och hunnit dricka både det ena och andra. Flera år i rad så hade jag fått köra på vägen upp. Bara för att han skulle kunna dricka några öl. Det var han värd hade han sagt. Väl framme hade han redan varit berusad och snabbt hällt upp en whiskey till både sig, Anton och till pappa.

Jag hade lovat Alice och Love att de skulle kunna ta sovrummet så kunde jag ligga på soffan denna jul. Gick bra även om det kändes lite märkligt. I alla fall under första natten. Men den var snart över. Tack och lov.

Gediget hus som man såg över hela Sverige. Omgärdat av snö i drivor. Minns inte när jag såg det med barmark senast. Hade en svag bild av att vi plockat sten kring stugan men det kunde vara påhitt. Visste att vi tillbringat flera somrar där men kunde inte se miljön framför mig. Stugan var ganska trång för att rymma alla oss. Den var cirka åttio kvadrat. Mycket enkel standard men mysig. Huset luktade barndom. Doftade av russin, äpplen, choklad och brasa. Takhöjden var lägre än hemma. Stora kontraster från Skanstorget. Fanns inget vitt förutom i mitt rum då.

Det mesta var brunt och buteljgrönt. Något var senapsgult. Vågat. Vi eldade i brasan, så skönt, lagade god mat, oftast, åkte långfärdsskidor och lyssnade på musik. Flamingokvintetten, Schytts och Sylvia Vrethammar. Det fanns tre små sovrum i stugan. Mamma och pappa hade sitt rum. Samma sen de köpte huset. Jag och brorsan hade varsitt. Barnen hade ingen plats egentligen, förutom mina flickor i år då. På något sätt funkade det att umgås på liten yta, i alla fall för några få dagar åt gången.

Storstugan var navet i stugan. Här såg man alla i huset. Hela tiden. Brasan knastrade behagligt och den lilla tjockteven höll snällt och fogligt den som ville sällskap. Det fanns levande ljus överallt så länge någon var vaken. Behövdes både för mysfaktorn och för värmens skull. Vi julpysslade alltid traditionsenligt. Bra med vanligt. Det behövdes i dessa tider. Jag hade alltid älskat att pyssla men det fanns tydligen en bäst-före-datum för det mesta. I år tyckte jag att de torkade nejlikorna var ovanligt hårda och att apelsinerna som skulle bli alldeles prickiga var onödigt mjuka. Det kliade på mina händer och det kändes som om jag var allergisk mot fruktsaften. Var det vanligt?

Brukade det vara så här?

Vi fick ordning på dekorationerna till slut och hängde upp de väldoftande apelsinerna i röda sidenband i det lilla köksfönstret. Precis som vanligt. Nästan. Jag torkade bort tåren i ögonvrån utan att någon hann märka den.

Mamma kanske anade den men hon vände snabbt bort blicken och började samtidigt att nynna på Rudolf med röda mulen som klingade i bakgrunden. Var det Vikingarna? Nejlikedoften gav mig kväljningar.

Pepparkakshuset blev byggt utan några större fadäser. I år valde vi att bygga pepparkakshuset i form av en bil med husvagn. Himla nöjd om jag fick säga det själv. Jag vann. Jag byggde mest. Jag kavlade mest. Alla bitar blev som jag ville. Nästan. Kändes som det roligaste som hänt idag.

Köket var av enkel standard och ganska tråkigt. Diskbänken var lite för låg men passade mamma bra så då bytte vi inte ut den. Skåpen hade synliga gångjärn på utsidan av stommen. Svarta snirkliga som tydligen passade i fjällen. De flesta husen hade sådana. Trodde jag. Luckorna hade speglar i gul furu. Köksbänkarna var också av furu. Lackade. Lacken var mjuk av ålder och det mesta gjorde avtryck i den. Kändes hemtrevligt på något sätt. Allt porslin och annat köksgeråd var från typ sjuttiotalet. Mamma och pappa var nöjda med de sakerna de hade. Färgskalan på sakerna harmoniserade med resten av inredningen. Storstugan var mysigast. Soffan var sittvänlig och soffbordet stort så där kunde allt julgodis bullas upp så man kunde bli frestad så fort vi var inomhus.

Halva nöjet i huset under julen var att äta tyckte jag. Ett konstant kaloriintag kändes mycket bra. Mamma brukade skämma bort oss när vi var

yngre men de senaste åren i takt med att mamma
blivit lite tröttare på grund av sjukdom så hjälp-
tes vi åt. Alla fick olika uppdrag att genomföra, så
även i år. Anton skulle ta med Janssons frestelse
till julbordet. Dessutom skulle han köpa all jul-
sprit samt vörtbrödet.

Jag skulle göra köttbullar, ansvara för julgodiset
samt för all färsk och torkad frukt. Mamma skulle
fixa resten. Bullmamma som hon var kunde hon
inte tappa kontrollen. Inte helt. Ibland önskade
jag att jag gjort allt helt själv.

Anton hade köpt färdigskivat vörtbröd från van-
liga mataffären. Hallå eller?! Det var julafton. Vi
brukade alltid ha det goda vörtbrödet från bage-
riet ute på Onsala. Jul utan rätt bröd? Tur att jag
ändå inte gillade Janssons så den kunde han ha
gjort hur han vill. Mitt ansvar var de goda hemla-
gade köttbullarna och de blev gjorda enligt kons-
tens alla regler plus lite till. Hade börjat lägga
löksoppepulver i smeten och det smakade helt
himmelskt. Var säker på att alla runt julbordet
skulle älska dem! Fan ta dem annars.

Landskapet var vidöppet. Om man ville så kunde
man se ända bort till Norges höga bergstoppar.
Snön var massiv och det var verkligen bedårande
vackert. Vykortsvyerna var här och där. Flera
gånger om. Det var så vackert att jag fick tårar i
ögonen igen och hur jag än försökte så vill de inte
försvinna. De letade efter fler kamrater och drog
ut dem på löpande band.

Så orättvist. Jag var ju så glad. Tindra med ögonen ungjävlar det är julafton.

Nu hade jag bestämt mig. Det kom helt hastigt på. Jag måste börja träna.

Vi hade varit ute på förmiddagen för att åka vanliga milrundan. Solen sken, snön gnistrade. Alice och Love hade åkt ner till Idre tillsammans med några av kusinerna för att åka utför istället. Jag, mamma, pappa och Åsa stod färdiga för dagens härliga tur. Härligt! Man måste känna att det är härligt. Nämnde jag att solen sken och att snön glittrade? Härligt.

Vi bestämde glatt gemensamt att vi skulle köra bort till den gamla genuina våffelstugan för att fika och sen ruscha tillbaka. I högre tempo. Försten hem skulle sätta full sprutt i bastun så vi kunde fira med en iskall öl i den härliga värmen efteråt. Bastu med familjen längtar väl alla efter? Helt naturligt. Jag var säker på att min bastu, om jag hade haft någon, skulle fungera som förråd till julsaker, gamla tavlor och dukar som ingen ville använda på denna sida seklet. Jag hörde någon gång att alla i Finland hade bastu. Även om de bodde i höghus. Alla har tydligen en egen bastu i sina egna lägenheter och sen finns det även en gemensam. Kunde det verkligen vara så?

Mindes mina vintrar hos farmor och farfar uppe på västkusten Vi bastade nakna tills man inte stod ut med hettan längre. Då rusade man ut och doppade sig i havet.

Vattnet hade varit nästan lika salt som på sommaren fast kallare. Vissa gånger var det is i den lilla viken men då hade farfar hackat upp ett hål i isen så vi skulle kunna doppa oss trots allt. Minnet var fint och varmt. Vi hade promenerat upp för det branta hala berget tillbaka till huset när kroppen blossade efter värme och kyla. Väl uppe i huset fick vi varm choklad med lättvispad grädde på toppen. Man fick fylla på med extra grädde om man ville. Jag ville. Varje gång.

Mamma och pappa tillbringade egentligen hela långa kalla vintern här uppe. Varje år. Kanske sex månader, oktober, november till mars, april. Pappa sålde iväg de flesta fåglarna på hösten, tog med de viktigaste som han älskade som familjemedlemmar upp till stugan och hade en fågelkompis som matade de som fick stanna kvar där hemma.

Jag skulle förmodligen få lappsjuka i stugan efter ett par veckor. Jag skulle föredra Sankt Anton tror jag. Om det nu nödvändigtvis måste vara en snöort. Fick jag välja helt fritt så skulle jag välja Mallorca. Palma på Mallorca. Lagom långt bort. Inte bara turister. Folk utanför dörren. Människor på restaurangerna. Bra klimat. De flesta pratade lite engelska även om min egna är knacklig. Skulle kunna förändras ifall viljan fanns.

De måste verkligen trivas i varandras sällskap. Sex månader.

I och för sig hade de skapat ett umgänge här uppe runt Idrefjällen genom åren och självklart hade de vänner från Kungsbacka på besök under det långa kalla vinterhalvåret. Men mestadels förlitade de sig på varandras sällskap. Märkligt. Avundsvärt.

Mamma la sig först i längdspåret. Trots att hon var sjuk. Kroniskt. Det var något med lungorna. Hon skulle aldrig att bli helt frisk. Pappa låg på som en vante. En kär vante. De var lika kära som när de träffades för fyrtiotvå år sedan. Ljuvligt att se. Egentligen. Sen kom lilla Åsa. Stark och frisk om än lite bred över baken. Sen kom jag. Inte lika rultig som Åsa men ändå. Lite för mycket Lollo. På efterkälken. Rejält. Min andfåddhet gick inte av för hackor.

Hela gänget stannade upp och väntade in mig flera gånger. Till slut sa jag till dem att jag skulle vända om. Orkade inte fram. Pinsamt. Tur att Anton inte var med. Då hade han fått något att hänga upp sig på resten av julhelgen. Han hade åkt in till sjukstugan nere i Idre med minste kusinen som förmodligen fått vattenkoppor.

Jag orkade alltså knappa fem kilometer i grupp. Fick vända. Visste att det var lika långt hem igen. Otur. Visste inte hur jag skulle klara mig men jag bet ihop och tog det varligt. Hade i sanningens namn inte så många alternativ att välja mellan.

Pappa hann ikapp mig. Pinsamt igen. Jag hejade lite käckt men menade det inte alls. Gubbjäkel. Han hade väl åkt till våffelstugan och vänt tillbaka och kom ändå fram före mig. Tror inte att han fikade men jag är inte helt säker. Av respekt till mig nämnde han inget om det.

Självklart var det allt lådvin i skilsmässoensamheten som tagit ut sin självklara rätt. Kroppen var mjukare nu än vanligt. Man kunde kalla det kvinnligt om man var på gott humör. Varken snyggt eller hälsosamt om man var ärlig. Det skulle man vara. Ärlig alltså. Lönade sig tydligen i längden. Måste ta tag i detta omgående när jag var på hemmaplan igen. Varför börja idag? Varför göra något idag som man kan skjuta upp till imorgon? Vissa visdomsord hade satt sig på hjärnan. Julgodiset var för svårt att motstå intalade jag mig men när jag väl var hemma så fick det allt ta lite längre tid mellan alla latte och allt rödvin. Hacken Klacken. Vad lätt det kändes när man väl hade bestämt sig.

Tjejerna ville fira nyår med mig. Lite skadeglad blev jag. Ganska mycket faktiskt. Konstigt att de inte ville fira nyår med sin superpappa Peter när de hade en sååå egoistisk, hemsk mamma som han målade upp bilden av varje gång han fick chansen. Peter var upptagen, gissade med vad eller vem i ordningen och han ville tydligen inte att tjejerna skulle vara med honom ändå.

Vi hade bjudit hem flera stycken bekanta men det såg tråkigt nog ut som om vi skulle bli ensamma trots allt.

Paula var i New York med ett par väninnor. Thomas firade med sin familj. Mamma och pappa var kvar uppe i Grövelsjön. Anton ville vi inte fira med. Barnen såg lite besvikna ut men jag var vid gott mod och vi skulle göra det himla mysigt och lyxigt ändå.

Jag hade handlat ett halvt kilo rostas, godare än oxfilé tyckte jag och skulle göra ett gräddigt mos på broccoli, blomkål och crème fraîche som Love älskade. Riven parmesan över. En härlig röra med grönmögelost och valnötter till. Gott rött vin till mig och ett alkoholfritt vin som jag hittade på hälsokosten till barnen. Smakade som vinbärssaft men kostade som vin. Måste ju bara vara perfekt. Alice hade beställt chokladfondue till efterrätt. Vi var nere i saluhallen och jag hade fått tag i jordgubbar och färsk ananas från länder som jag inte ens visste var de låg. Vi skulle smälta den mörka choklad i fonduen som Alice fått av sin syster i julklapp.

Innan matlagningen började för kvällen så satte jag mig vid datorn för att försöka svara Alex. Ville honom inget illa men var helt klar med honom. Hade varit skönt att börja det nya året utan honom i bakhuvudet.

Från Louise
Till Alex

Hej!
Jag är inte arg på dig. Jag tror inte att du lurat eller lekt med mig. Jag tror att du menar att du älskar mig när du säger det. Men det räcker inte. Vi har olika definition på kärlek. Jag vill ha prinsen och hela kungariket. Allt eller inget. Mellanting som samtal, mejl, sms, lunchträffar och sex gör bara ont. Jag trodde att jag älskade dig. Det gör jag inte. Jag kanske var kär i bilden av oss ihop.

Den bilden är borta. Nu försöker jag intala mig själv att livet fortsätter där jag var innan jag träffade dig. Det funkar ganska bra när vi inte har någon kontakt. Varje gång du hör av dig öppnas såren igen.

Det gör mig ont att du inte mår bra men du hade chansen att välja själv. Jag hade inte ens chansen att välja utan fick anpassa mig till det du valde. Glöm inte det.

Jag kan inte leva på halvfart. Jag har bråttom. Jag vill leva livet fullt ut. Nu!

Och du... det var inte min exman som lämnade mig. Det var jag som lämnade honom. Jag hade kämpat mer än tappert innan jag gav upp. Han undrar fortfarande vad det var som hände.

Jag hoppas att du får ett bra liv. Tror att du är värd det. Ha det gott. Kram Lollo

Vi brukade ha stora fyrverkerier förr om åren när
vi firade nyår tillsammans ute i Billdal. Träffades
alltid ute på platta grässlänten i stora klungor
med folk. Grannarna och deras släkt. Vänner och
bekanta. Peter älskade att smälla av den ena
hundralappen efter den andra. Ibland trodde jag
att han ville smälla av sig ett finger eller två för
att få uppmärksamhet. Han lyckades aldrig. Jag
tror att han gillade att vara värst av alla grannar-
na.

Nu hade jag köpt ett inplastat kit på Statoil för
hundranitton kronor totalt. Innehöll allt och lite
till. Man fick en lott på köpet. Kändes så där. Jag
hade redan skrapat lotten. Vann inget. Vi lagade
maten tillsammans och lyssnade på Michael Bol-
ton i bakgrunden. Jag var så stolt över mina
flickor. Fick en liten besvärande tår i ögat när jag
tänkte på Peter. Fan ta honom. Fan att det inte
blev som jag hade drömt om. Så levde de lyckliga
i alla sina dagar. Undrade när jag skulle sluta
tänka på det som inte blev som jag hade tänkt.

”-Skåååål! Gott nytt år! ”

Vi skålade i Pommac. Hade pinsamt nog glömt
att köpa Champagne. Inte speciellt förtjust i det
ändå när jag tänkte på det. Men Alice hade som
tur var en stor magnumflaska Pommac som vi
skålade i.

Vi stod nere på trottoaren på Övre Husargatan.
Det var kallt. Ingen snö men kändes som fukt i
luften. Kanske på väg? Vi var fullt påklädda.

Jag hade min nya mössa som jag fått av Alice i julklapp. Hon hade stickat den med rundsticka. Kramade om varandra. Hårt. Love vände bort blicken. Kändes tomt. Ganska ensamma. Vi hörde flera som var uppe vid Skansen Kronan och några på balkongerna. Vi hade ju ingen balkong så trottoaren var vår!

"-Tänd fyrverkerierna! "

Alice skramlade med tändsticksasken. Fyra tändstickor kvar. Sämre kvalitet på dem nu för tiden. Det var bättre förr. I alla fall i tändsticksbranschen. Gillade egentligen inte smällare och eld. Rädd att bli av med fingrarna. Jag riggade upp de längsta raketerna i varsin flaska (fattade inte riktigt varför men jag hade sett det ske tidigare i mitt liv) och satte fyr på den första. Flaskan ramlade i fartvinden och raketen for iväg och stannade mitt under en parkerad bil bara tio meter ifrån oss. Hjälp! Vad gör man? Hjälp! Alice började gråta och Love bara skakade på huvudet. Raketen verkade självdö och jag vägrade tända på fler.

"-Du får ta med resten till pappa imorgon och tända dem där! Jag vågar inte med fler!"

Båda tjejerna var lågmält besvikna med vår nyår. De var ju vana vid att vi alltid haft stora fester med mycket folk, både barn och vuxna. Den lilla intima nyårsaftonen utan Champagne och smällare var för tråkig.

Var lite låg i sinnet själv när jag slutligen hamnade i sängen efter att ha tagit disken i min ensamhet. Nästa nyår måste bli bättre. Nästa år ska vi inte ha chokladfondue. Alldeles för sött. Alldeles för svårt att diska grytan. Blev inte helt ren.

Vardagen kom raskt tillbaka även när vi bodde inne i stadslägenheten. Våra mornar var hektiska eftersom vi bara hade ett badrum. Vi hade en inofficiell plan för hur det skulle funka men det var inte alltid som den följdes slaviskt.

”-Öppna dörren! Jag har jättebråttom. Skynda dig!”

Alice skrek och bankade hårt på badrumsdörren. Den gamla dörren i lägenheten var tung, säkert en ekdörr under alla lager av målarfärg. Dörrtrycket hängde lite. Undrade hur man fixade till det? Ibland var det bra med en man...

”-Öppna! Jag missar bussen!”

Alice var alldeles röd i ansiktet och tittade bedjande på mig med sina cockerspanielögon. Jag knackade på dörren och bad Love snällt att hon skulle öppna kort en stund så syster Alice kom åt sin lilla necessär. Love slängde upp dörren med buller och brak. Dörren smällde ljudligt in i väggen bakom så tavlan som hängde där ramlade ned på sniskan. Love kom ut med vått rufsigt hår och hon var alldeles bar. Hon sträckte armarna uppåt och bara skrek.

"-Du gör mig galen! Kan man inte få duscha ifred? Faaaan! "

Både jag och Alice tittade på varandra och gap-skrattade. Love hade toapapper hängande mellan skinkorna…

Hur tokig jag än blev på mina barn med jämna mellanrum så lyckades jag ändå lugna ner mig. De var fantastiska. De var så lyckade tack vare eller ska jag säga trots sin uppväxt. Jag brukade tänka på Kay Pollacks ord när det var extra tufft. *"-De är utsända för att du ska ha några att öva på"* och *"Man får inte värre än vad man klarar av."* De meningarna funkade både med barnen och med kunderna. Till och med när jag utsatte mig för Peters skitsnack. Han var verkligen ut-sänd av en ond kraft. Darth Vader?

"-Visst är det märkligt att Love bara bor hos mig nu då om det är så förskräckligt att jag har flyt-tat? Tycker du inte det?"

Hade haft världens diskussion med Peter tidigare i veckan. Han kunde göra mig så galet irriterad att jag nästan gick upp i atomer.

Det hade börjat helt oskyldigt med att jag bara ville byta helg eftersom vi skulle upp till Stock-holm med jobbet. Han ville absolut inte byta. Det ordnade sig för mig ändå eftersom pappa kunde sova över hemma hos mig.

Men jag försökte kolla med Peter om vi inte kunde ha det lite mer flexibelt med tiderna eftersom tjejerna blev större och själva hade ett visst behov av att mer kunna komma och gå som de ville.

Alice till exempel. Hon gjorde inte mycket väsen av sig men nu hade hon frågat flera gånger om inte hon kunde få sova hos Peter varje tisdag och torsdag istället och kanske andra dagar hos mig. Mig spelade det ingen större roll. Anledningen var att Alice red ute i Billdal och tyckte det var jobbigt att behöva åka buss i ridkläderna. Enklare att bara cykla hem till Peter och sova där efter duschen. Att bara säga okej låg inte för min föredetta make. Han sa självklart nej. Han kunde märkligt nog inte ta den diskussionen med Alice utan sa att det var mitt fel att jag bodde i stan och då fick jag reda ut skiten. Tackar!

Peter ville ha flickornas schema mer hugget i sten då han hade diverse damsällskap och inte ville få oväntat besök av sina döttrar. Risken att Love skulle komma ut till honom var ganska liten då hon allt oftare stannade kvar i stan. Men att kompensera den ena dotterns tid med den andras gick inte. Jag tog inte ens upp det till diskussion. Jag var tacksam över att mina barn ville umgås med mig och fick väl muta Alice med något annat för att hon skulle vara nöjd. Jag kunde inte bestämma över Peter. Hade aldrig funkat.

Min rutin på morgonen såg samma ut jämt. Så mysigt. Jag gick upp ganska tidigt strax innan sex. Satte på te, tände alla ljusen runt om i storarummet och satte på en lugn cd med antingen Peter LeMarc eller Eva Dahlgren.

Gick in i duschen långt innan barnen ens vaknat. Duschade länge. Varmt vatten. På med morgonrocken. En favorit i mjuk knallröd velour. Fixade frukostbrickan, hämtade GP vid dörren och sen frid. Ren lyx. Skulle naturligtvis vara ännu lyxigare om jag hade en "Deepman" liggande i min säng men tills dess så var detta ren lyx. Jag var lyckligt lottad om än lite ensam. Men lycklig. Eller hur?

Satt på Soho och firade dagens klädinköp. Hade hittat en ovanligt fin klänning på Bonnie & Clyde. De hade verkligen de läckraste plaggen. Kändes som om allt var uppsytt för mig. Vit, svagt tonad med ett snyggt fall. Jag hittade även ett par örhängen som tjejen i butiken gjort. Ania tror jag märket var. Anna hette hon iallafall. Det vita vinet höjde humöret ytterligare. Ikväll skulle det äntligen bli fest.

Smörjde in mig med den nya krämen som Paula hade rekommenderat. Doftade så gott! Målade tånaglarna. Skulle synas i skorna om en stund. Snyggt. Denna kväll skulle jag på betalmiddag. Så spännande. Det var Thomas som hade tipsat mig.

Man skulle betala in åttahundra kronor och sen fick man en helkväll. Det var en kvinna som bjöd in lämpliga människor.

"-Korsvägen, tack!”

Taxin är ny och sätet kändes kallt genom det tunna klänningstyget.

"-Du kan stanna här tack! Det är bra så."

Jag tryckte in 1623*. Dörrlåset gick upp. Gick de två trapporna upp. Benjaminsson på dörren.

"-Välkommen!"

Gisela tog emot. Det var till hennes konto man hade betalat in pengarna. Hon visade sig vara en liten kvinna. Hennes röst lovade en stor fyllig polska men det bidde bara en liten tummetott. Hon såg ut som en ballerina. Gick hon på tå? Kunde inte låta bli att försöka få en skymt under hennes långklänning. Vilken våning! Vill ha!!! Allt från stuckaturen i taken till den gamla fisk-bensmönstrade parketten. De djupa fönsterni-scherna och helt sagolika kristallkronor i varje rum. Smakfullt inrett med stora vita pösiga soffor med sköna välsydda kuddar.

"-Här har vi Kim som jobbar som fastighetsmäk-lare i stan" presenterade Gisela.
"-Här är Georg. Bankdirektör lite utanför Göte-borg" fortsatte hon.
"-Hej! Trevligt att träffas!"

En massa leenden och handskakningar. Vi var fem vackra kvinnor och fem stiliga män förutom Gisela.

Vi minglade runt i hennes tjusiga våning med ständigt påfyllda Champagneglas. Den lilla ballerinan visade sig vara den bästa av alla värdinnor. Kvällen gick som en dans även om jag inte hittade min nästa kärlek där. Middagsbordet var sagolikt dukat. Välmanglad linneduk. Hur fick man den så perfekt? Vackert vitt porslin med gamla stora silverbestick. Enda färgklicken på bordet var blommorna. Djupt röda rosor i en uppsättning ihop med jordgubbar. Såg fantastiskt ut.

Vi åt skaldjur till förrätt med ett vitt vin till. Vi skålade för god mat och trevligt sällskap. Kvällens höjdpunkt var Ninni. En av kvällens vackra kvinnor. En sådan skön dalkulla. Hennes dialekt räckte för att göra mig på gott humör. Hon berättade den ena efter den andra historien som fick oss allihop att skratta. Vi gick från städad middag till galen raggarfest. Vi skrattade och det kändes som om vi känt varandra i hundra år. Historien om när Ninni stod på sitt kontor med musen och svepte den över fönstret med servicedesken i telefon tog alla pris. Vilken tjej!

"-Ser du musen i fönstret?"
"-Ja, klart jag gör. Jag är ju här!"

Några av oss fortsatte till Deep. Någon kunde fixa in oss förbi den långa kön. Tack för det! Vi rockade loss på schlagergolvet. Storartad kväll. Ninni kramade om mig samtidigt som hon spillde ut en GT på min rygg. Jaja, ofärgat iallafall. Jag hoppade in i en taxi. Det blev en onödigt dyr kväll.

118

Det kördes en poppig reklam för en ny dejting-
sida just nu. Jag skulle försöka få tillgång till da-
torn hemma fram-över. Hade varit spännande att
gå in och titta lite nyfiket på sidan. Kanske redan
ikväll?

Flickorna skulle på bio med Peter och hans tjej.
Visste inte vilken i raden av alla kvinnor. Peter
hade nog inte varit ensam så många dagar sen vi
skildes. Flickorna brukade berätta valda delar om
vilka han dejtade. Jag orkade inte hålla ordning
på dem. Skulle bara önska att han lät bli att pre-
sentera varenda en av dem för flickorna. Vilken
bild skulle de få av sin pappa? Relationer är till-
fälliga. Är de så långa som min och Peters så är
de åt helvete?

Det var ganska lätt att skapa ett eget konto. Bra
instruktion. Tack för det! Kostade bara nittionio
kronor första månaden. Till och med jag som
fattig singel hade råd. Borde väl räcka med en
månad? Jag såg ju ganska trevlig ut och hade lätt
för att skapa kontakt med nya människor. Trodde
jag. Peter hade försökt trycka ner mig under vårt
äktenskap men jag hade hela tiden haft en djävul
bakom örat som sagt emot gång på gång. Inte
alltid så högt. Ibland hade bara jag hört rösten.
Jag är bra. Jag är värd så mycket mer. Jag tror på
mig. Innerst inne.

Fixade till min dejtingprofil. Vågade absolut inte
sätta in en bild på mig själv. Kändes alldeles för
utlämnande.

Läste i och för sig att profiler med foto fick tio
gånger fler besökare. Jag skämdes absolut inte
för mitt utseende även om jag borde gå ner ett
par kilo men jag skulle dö om exempelvis Peter
hittade mig här på dejtingsidan. Visste inte hur
han skulle reagera. Värsta scenariot skulle vara
att han låtsades vara någon annan och tog kon-
takt med mig så jag blev bortgjord. Han ska ald-
rig mer få mig att känna mig korkad. Jag satte in
ett foto på havet istället. De flesta hade foto på sig
själva. Passade mig utmärkt. Jag ville verkligen
se vem jag tog kontakt med. Utseendet betydde
inte allt men väldigt mycket. Måste kännas rätt.

Jag såg en hel del intressanta ansikten. Undrade
hur en del hade tänkt. En och annan hade en bild
på sig själva där de satt en svart bild över tjejen
som stod bredvid dem. Snacka om desperat!
Hade han ingen annan bild? Kändes osmakligt.
Många stora insmorda kroppar med feta guld-
kedjor. Jag sållade friskt.

Näste man i mitt liv skulle vara perfekt. Hade
inte tid med fler misslyckanden. Jag ville träffa
en gullig, snäll och trevlig man som kunde upp-
föra sig. Han skulle gärna bo i Göteborg och
kanske ha barn. Barnen fick gärna vara vuxna
och ha flyttat hem-ifrån men han fick inte vara
för gammal. Jag hade ingen lust att agera små-
barnsmamma igen. Den tiden var över. Vad
mamma än tyckte. Alla önskemål skulle kanske
inte gå i uppfyllelse men drömma fick man väl?
Några såg inte kloka ut. En del blev jag rädd för.
En grupp tyckte jag synd om.

En del nördiga ansikten där jag förstod varför de inte hittat någon att dela sitt liv med. Men som sagt. Många intressanta ansikten. Jag ville gärna att mannen jag skulle träffa skulle kunna försörja sig själv. Arbetslös kändes för osäkert. Verkade krångligt.

Bestämde att visa några av dem att jag var intresserad. En av killarna var online och skrev ett meddelande till mig direkt. Greger hette han. Försäljningschef på ett försäkringsbolag inne i stan. Snygg på bilden. Lång. Ett av alla mina krav. Gillade inte korta killar. Vi skickade meddelande till varandra tills flickorna kom hem från bion. Hann precis stämma träff dagen efter.

Vi hade bestämt att vi skulle träffas på Saltholmen för att ta båten ut till Styrsö. Det blåste rejält så även om solen var uppe så var det lite kallt i vinden. Jag hade på mig tajta jeans, lagom slitna, och en benvit stickad tröja. Platta mellanblå ballerina på fötterna. Högklackat passade inte till båten tänkte jag. Hade fixat mig lagom mycket för en båttur. Håret i en enkel tofs och en nästintill osynlig makeup. Läppglans. Kändes bra.

Jag kom i god tid och fick stå och vänta en stund. Hann ångra mig när jag stod där. Tänk om han var en galning? Hur kunde jag vara så oansvarig att bestämma träff med en okänd? Eller var det ok? Vi skulle ju träffas mitt på dagen mitt bland andra människor? Borde väl vara ok? Mitt i mina osammanhängande tankar hörde jag ett förbiåkande hej.

Det var Greger som kom cyklande. Kände igen
honom direkt från bilden. Han kände igen mig då
jag skickat en bild på mig till honom i ett privat
meddelande när vi chattade.

"-Hej!" svarade jag och granskade honom på håll.

Snoren hängde från näsan. En ful gul hjälm med
röda fartränder satt på huvudet. Han var lång.
Nästan för lång. Väldigt stora fötter. Väldigt stora
sandaler på fötterna. Sandaler? Vem hade det nu
för tiden? Han hade lite för korta urtvättade
shorts och en t-shirt med obestämbart tryck. Fick
ingen go känsla. Ångrade återigen att vi bestämt
träff. Jag fick en hastig kram där jag försökte
undvika att få snor på mig och sen gick vi ombord
på skärgårdsbåten. Han hade en ryggsäck. En
solblekt Kånken. Det hade min geografilärare
också haft. Oj, oj, oj... Tur att jag inte kände så
många här på Saltholmen.

Resan ut till ön tog ungefär en halvtimma. Gre-
ger beta-lade även min biljett. Gentilt. Tackar.
Hur sjutton kunde man boka en sådan här dejt?
Galet. Resan ut en halvtimma, resan hem lika
lång och sen måste man ju vara på ön en stund
också. Nästa gång ska jag boka på ett café i stan
så jag kan gå när jag vill. Undrade om båtarna
gick ofta. Tack gode Gud för att vädret var ok. Vi
fick väl sitta och sola om vi inte hittade något att
prata om.

Resan ut till ön gick bra. En annan resenär hade
med sig en liten lurvig hundvalp. Så söt.

Jag satt på huk och klappade den lilla mjuka valpen till och från under hela resan. Damen som hade valpen berättade att hon hette Dolly. Dolly var nog det mjukaste jag känt på. Valpen var nästan tre månader gammal och benen var långa och gängliga. Ingen riktig styrsel ännu. Jag satt och drömde mig bort en stund och funderade på om jag också skulle skaffa en egen hund. Jag hade blivit världens bästa matte. Alla kategorier. Men skulle det verkligen funka i vardagen? Jag skulle inte kunna ha hunden på jobbet. Paula var hyperallergisk mot pälsdjur så det var inget alternativ. Jag hade varit tvungen att gå hem varje lunch. Alice hade ju inte gångavstånd från skolan längre så det skulle nog bli svårt. Love skulle bli glad om vi skaffade hund men hon skulle fortfarande prioritera sin kompisar före en hund. Tveklöst.

Greger verkade vara en riktigt snäll människa. Ganska tystlåten dock. Jag trodde i min enfald att alla försäljningschefer skulle vara lite mer utåtriktade. Inte Greger. Han log mest och satt med huvudet på sned när han tittade på mig. Det skulle aldrig bli något mellan oss. Han gick bort för mig. Han hade bokat plats på Styrsö Pensionat. Absolut ett ställe i min smak. Pensionatet låg precis vid vattnet. Lummigt och vackert. Några barn som kastade boll till varandra. Där skulle vi äta en sen lunch. En stor fantastisk lunch. Vi satt i trädgården nära huset och det läade skönt.

Det serverades stekt makrill med ett hemlagat potatismos och skirat smör. Som en dröm! Jag tog vatten till.

Hade egentligen velat ha ett glas vitt vin men Greger hann beställa en lättöl till sig så jag matchade med vatten. Tråkmåns. Men man kanske inte ska välja man efter restaurangsmak? Behövdes mer. Denna gång ville jag att allt skulle bli rätt. Lunchen var trevlig men inte mer. Jo god också. Det skulle aldrig bli något annat mellan oss. Tror faktiskt att vi var rörande överens om det.

Väl tillbaka på Saltholmen så gav vi varandra en lätt snorfri kram och önskade varandra lycka till i kärleksjakten. Mister du en står det dig tusen åter. Var det så?

Dejtandet upptog mina tankar under flera veckor. Kunde knappt hålla ordning på alla dessa olika män.

Den mest intressante som jag kunde drömma om lite just nu var Niklas. Han verkade vara en man i min smak. Han hade en dotter i bra ålder som mest bodde med sin mamma. Han hade varit skild i ett par år och längtade tydligen efter en stark kvinna att dela sitt liv med. Han hade en stor modern villa på gräddhyllan i Brottkärr och en fin gammal klassisk Jaguar. En mörkgrön. Så flott. Min favoritbil. Han spelade mycket golf enligt honom själv under sommaren och åkte skidor ett par veckor om året. Gärna nere i Frankrike som han gillade för matens skull. Lät som ett riktigt kap på pappret. Han lät även som ett kap i telefonen. Rösten var skön och lockande.

Vi hade pratat i flera timmar men vi hade inte fått till en dejt ännu. Bara en tidsfråga.

9

Det var som om jag var helt utanför min egna kropp. Jag bara betraktade mig själv och vad som hände från sidan. Kände ingenting. Jag visste självklart hur det kändes men känslorna kom inte ända fram till hjärnan. Jag låg naken i sängen. Sperman rann ur min stjärt. Sperma blandad med blod. Jag var alldeles öm i underlivet. Min överkropp var alldeles röd-flammig. Han hade knådat mina bröst.

Jag trodde oftast att han gjorde det för att jag skulle ha det skönt. Trodde inte att han själv uppskattade de mjuka numera ganska tomma brösten. I hans värld var våra samlag antingen en kärleksförklaring eller ett bevis på hans makt. Mig spelade det ingen egentlig roll. Jag var helt likgiltig. Åtminstone försökte jag vara det.

Idag var det dags för ett maktspel. Trodde jag. Jag hade varit helt tyst under hela samlaget trots att det smärtade när han tog mig i stjärten. Inget jag uppskattade. Han visste det.

Jag hade blödande små hemorrojder efter hans återkommande räder där bak. Min tystnad var tydligen provocerande. Han fick utlösning. Jag trodde att det var över men han hade inte fått nog.

Han ville att jag skulle suga honom hård igen. Jag skakade tydligt på huvudet. Hans kuk var blodig och luktade bajs. Aldrig att jag skulle ta den i munnen. Han gav mig en örfil. Han höll fast mina armar och daskade kukens klibbiga utsida på mina kinder och min stängda mun. Jag fortsatte att knipa ihop läpparna. Han örfilade mig lätt ett par gånger till. Han fick stånd igen och tog tag i mitt långa hår. Försökte vända mig om för att fortsätta knulla mig bakifrån. Jag stretade emot och stora tussar lossnade av mitt hår.

Vaknade med ett ryck av att Alice återigen klappade mig försiktigt på kinden. Peter låg bredvid mig på rygg och snarkade ljudligt. Ännu en dag i paradiset.

10

Veckorna rullade bara på med en himla fart och jag var relativt nöjd med mitt nya egna singelliv. Vi hade fått så bra ordning i lägenheten och jag småpysslade bara när lusten föll på numera. Inget som riktigt brann i knutarna. Det verkade som om barnen hade acklimatiserat sig förvånansvärt bra också. Alice tog bussen till och från skolan varje skoldag. Hade fått busskort av skolan. Hon läste läxorna på bussen. Sa hon i alla fall. Hennes period då hon varit lite inbunden och lågmäld var nästintill över. Hon hade fått nya kompisar och en ny häst som hon var förste-skötare på. Livet lekte. Love gick till skolan genom Vasastan. Hon fikade upp hela barnbidraget och var allmänt lycklig. Tror jag.

Trots att allt var bra så var det något som gnagde innerst inne i mig. Kändes lite ensamt på barnfria helger. Extra mycket ifall jag dessutom var ledig från jobbet samma helg. Försökte jobba så mycket som möjligt för att slippa tänka. Behövde nog tiden till att läka trodde jag. Ibland funderade jag oroligt över om jag hade haft det bättre genom att stanna kvar i äktenskapet. Blev arg på mina egna korkade tankar. Jag var värd så mycket mer än så. Ingen skulle få slå eller hota mig igen. Hellre ensam då. Även om jag kände mig riktigt ensam. Var inte bra på att vara själv.

Paula tjatade på mig att jag skulle följa med ut på krogen.

Hon var världsmästare på krogbesök. Jag tyckte att det kändes sådär. Kände mig så utpekad och lite malplacerad. Peters svartsjuka hade satt djupa spår i mig. Kändes som om jag var på min vakt hela tiden. Vad skulle folk tycka? Vilket folk? Visste inte vem jag tänkte på men jag kände mig som sagt bevakad av omgivningen. Kanske min dåliga självkänsla som gjorde sig påmind. Jaja... det skulle nog ordna sig så småningom. Jobbigt att tänka.

Ibland kom jag på mig själv att tänka på Alex. Han hörde fortfarande av sig emellanåt men jag var säker på att jag inte var kär i honom. Han var ett avslutat kapitel. Trots det tänkte jag på honom då och då i brist på annat.

Ensam hemma. Alice var hos Peter och Love sov borta hos en av sina kompisar. Jag var vuxen. Ensam vuxen. Kändes sådär. Intalade mig själv att det var lyxigt. Blev inte bättre än vad man gjorde sig. Steg upp, drog på min morgonrock som absolut måste tvättas nästa gång jag hade tvättstugan. Kollade mina mejl. Fan. Mejl från Alex igen. Nu fick han väl ge sig. Funderade på att trycka bort det utan att läsa men var för nyfiken.

Från Alex
Till Louise

Hej min älskling!
Förlåt att jag skriver igen. Vet att vi inte skulle det men jag kan inte låta bli. När jag är berusad längtar jag bara ännu mer efter dig. Jag är i Italien på en mässa. Funderade på att skicka en flygbiljett till dig. Har abstinensbesvär efter dig. Längtar ihjäl mig!
Längtar att ligga bakom dig och känna din doft. Ibland tror jag inte det är sant att man kan längta efter någon så mycket som jag längtar efter dig.
Verkligheten har kommit ikapp mig. Jag vet att det kom-mer att bli du och jag i framtiden. När hade jag hoppats att jag kunde säga.
Det jag känner är att ett liv utan dig inte är ett riktigt liv. Inget jag säger för att du vill höra det utan för att jag känner så.
Jag är helt ärlig. Det har jag lovat dig. 100 % ärlig även om det gör ont ibland. Jag tror full-ständigt på dig och mig an-nars hade jag gjort slut på detta för länge sen.
Jag tycker att du är otroligt vacker, trevlig, in-telligent, ärlig och underbar bara för att nämna det viktigaste.
Tusen pussar och kramar//din Alex

Vad skulle jag ta mig till? Kände efter vad jag kände. Längtade jag efter honom? Ville jag ha in honom i mitt liv igen? Litade jag på honom? Jag var helt tom. Kände ingenting.

Skulle verkligen vilja ha en tvättmaskin inne i lägenheten. Tvättstugan i huset var så dassig. Jag gillade inte att gå ner till källaren själv. Obehagligt. Inte jätterädd för att bli våldtagen men livrädd för att se en råtta. Även om den bara sprang förbi. Till och med rädd för att se en mus.

Hällde upp det nybyggda teet i min fina kopp. Tråkigt väder idag. Grått. Fortfarande vinter. Fönstrena behövde putsas. Jag var inte speciellt bra på det. Innan mamma blev så sjuk så kom hon alltid hem till oss och fixade sådant. Jag hade googlat på fönsterputsning för jag vill gärna kunna själv. Massa olika förslag på husmorstips. Använd tidningspapper. Knyckla ordentligt. Använd Yes. Yes! Jag använde vatten med lite diskmedel i. En trasa att tvätta av fönstret med och sen en gummiskrapa. En riktig med riktigt gummi är mycket viktigt har jag läst på minst fem oberoende ställen. Torkar av skrapan mot en ren kökshandduk med jämna mellanrum. Det blir ändå inte bra. Rent men flammigt.

Inget gott att äta till teet. Tog fram en fralla ur frysen. Tinade den för länge i micron. Den blev stenhård på kanterna. Skar bort dem, blev inte mycket kvar av frallan och det var tur eftersom pålägget lyste med sin frånvaro i kylen. Måste ner och handla lite idag. Kanske ost?

Vad skulle jag hitta på idag? Handla mat eller låta bli? Vad skulle jag göra mer? Inga barn skulle komma hem idag. Jag skulle inte ut på krogen. Måste hålla lite i pengarna. Tråkigt. Skulle inte vilja gå ut på krogen även om jag hade haft gott om pengar. Kändes meningslöst. Måste skaffa mig en hobby av något slag. Det kunde bli min mission idag. Skaffa en hobby. En billig.

Jag hade alltid velat kunna dansa bättre. Skulle kunna gå på en salsakurs eller kanske buggkurs? Jag kollade lite på nätet samtidigt som jag gnagde på min torra tråkiga fralla. Lazar, Studiefrämjandet, Folkuniversitetet... Fanns flera att välja på. Man skulle helst komma som par. Bra med jämna par när man skulle dansa. Det förstod jag med. Brukade tydligen vara brist på killar. Tell me all about it! Inget överpris faktiskt. Helt rimligt och görbart.

Funderade på att fråga om Thomas hade lust att följa med. Han hade rytmen i kroppen och jag trodde att han skulle vara sugen på att följa med. Skulle kolla med honom på måndag. Visste att han hade Tindra denna helg så jag behövde inte störa just nu. Vad fanns det annars? Bra med alternativ. Det gällde att inte hänga upp hela sitt liv på ett alternativ utan att ha en plan B ifall det sket sig. Fråga mig. Jag var något av en expert. På det mesta. Fråga Peter. En sann Besserwisser enligt honom. Matlagningskurs verkade vara populärt. Fanns otaliga att välja på. Asiatiskt, italienskt, surdegsbak, dumplings eller säsongens råvaror.

Vad var jag sugen på? Kändes som om kursutbudet speglade samhället i stort. Eller kanske åtminstone tevetablån. Matlagningsprogram, dansprogram och sångprogram. Verkade finnas massor av körer i Göteborg. Bantningsprogram, träningsprogram och dejtingprogram. Kursutbudet hade allt att erbjuda. Det gällde bara att välja om man ville bli smal, vältränad, mätt eller gift.

Plockade undan efter mig. Slängde de vissna blommorna som stått i den fina glasvasen. Såg så sorgligt ut med vissna blommor. Ovårdat. Hoppade i kläderna och kammade igenom håret och satte upp det i en tofs. Bäddade. Borstade tänderna. Bläddrade lite i en heminredningstidning. Satte på teven. Stängde av. Torkade av alla köksbänkarna. Satte på lite starkt kaffe. Längtade efter oväntat besök men det kom ingen. La mig i soffan medan jag väntade. Hände inte mycket. En bil tutade på Skanstorget. Tyckte synd om mig själv. Hjälpte lite. Satte mig upp, hällde upp kaffet, hittade fyra rutor helnötschoklad, åt dessa med ett stort leende, smakade förträffligt ihop med mitt smakrika kaffe. Var lycklig när jag mindes att jag hade en oläst Metro i hallen. Hämtade den och förgyllde min fika med lite nyheter. Gårdagens men nytt för mig.

Jag såg ett teveprogram om en tjej som precis som jag hade bestämt sig för att träffa mannen i sitt liv. Hon skulle satsa tio veckor på uppgiften. Ganska generöst på något sätt tyckte jag. Hon var trots allt i övre trettiofemårsåldern. Tio veckor. Då hann man en hel del.

Jag blev sugen att ta tag i mitt liv på liknande sätt. Nu skulle mannen i mitt liv fastna på kroken.

Vad skulle man skriva om sig själv då? Måste kanske göra min profil lite mer intressant. Attraktiv kvinna i sina bästa år. Lät inte bra. Lät som om jag var äldre än vad jag var. Varför så åldersfixerad? Läcker kvinna med lust på livet. Lät som en sexgalning. Bara ute efter sex. Var jag det? Jag letar efter mannen i mitt liv. Är det du? Lika bra att träffas i verkligheten så snart som möjligt. Denna kille verkade vara riktigt bra. Carl. Jag log på vägen till träffen. Håret var fantastiskt dagen till ära. Makeupen perfekt och kroppen såg i alla fall på utsidan ut som om den passade i kläderna. Så snygg och framgångsrik. Vi hade bestämt att vi skulle träffas vid Kopparmärra mitt inne i stan. Inte så originellt kanske men i alla fall inte en båttur.

Som om jag hade problem att träffa mannen i mitt liv. Jag gick förbi NK med raska steg och var som mest nöjd med mig själv när jag gick förbi gamla konditoriet Bräutigams lokaler. Som om jag hade problem. Det hade jag ju. Jag kunde väl inte ställa mig bredvid Kopparmärra och se ut som om jag hade problem med män. Hur skulle det se ut? Helt galet. Vem ville träffa en desperat kvinna som hade så svårt att få kontakt?

Jag vek av på Kungsgatan och smög till statyn bakvägen. Kanske kunde få en glimt av honom innan han såg mig. Blev jag tillräckligt imponerad så skulle jag kanske ge mig tillkänna. Varför sa jag till honom att jag skulle ta min röda kappa på mig? Vem hade röda kappor nu för tiden? Jag tog av mig kappan trots att det duggregnade lite. Vinden var iskall. Våren väntade på att visa upp sig. Oj! Där var han ju. Så lång och stor på ett bra sätt. Han var ju skitsnygg. Lucky me. Han är min. Vi passade bra ihop.

”-Hej! Kul att träffas!” sa jag.
”-Javisst! Vi kan väl gå till kaféet här bredvid?” sa han när han tog mig i handen.

Fan också. Fik? Jag som ville ha ett glas vin. Eller åtminstone en öl. Kaffe är billigare såklart. Undrar om han kommer att bjuda? Snål? Han ser inte snål ut. Kunde man se det på utsidan? Han hade en snygg rock, tajta byxor som säkert satt otroligt snyggt i ändan. En man med sådana byxor hade alltid en lagom liten ända. Kul för honom. Då skulle jag se fantastiskt stor ut. Tänk alla som skulle gå bakom oss. Kolla på dem. Hur gick det till? Bjuder mannen eller skulle vi vara jämlika och betala hälften var? Jag gillade inte jämlikhet på det sättet. Jag skulle bli tvungen att ta ett extrajobb om jag skulle ha råd att dejta och dessutom vara jämlik. Varför kommer inte drömprinsen på den vita springaren snart?

”-Får jag bjuda på ett glas vin? Jag är så sugen på att testa den nya Riojan.”

Han tittade på mig med sina underbara varma ögon. Självklart ville jag ha vin.

136

Jag ville ha honom med. Vi hade en trevlig kväll och efter ett par timmar bröt han upp för kvällen. Jag kände mig lite förvånad. Jag ville att vi skulle fortsätta kvällen som börjat så bra. Han sa att han skulle upp tidigt dagen efter. Vi skulle höras. Jag somnade med ett leende. Drömde om Carl. Det fanns hopp.

Hoppet grusades redan efter några dagar. Carl hörde inte av sig igen. Jag smsade honom. Inget svar. När jag smsade för tredje gången så skickade han ett mejl där han tackade för dejten men att jag inte var hans typ. Han önskade mig lycka till med kärleken i framtiden. Jag tappade hakan. Fick man göra så? Vi passade ju perfekt ihop.

Jag fortsatte att beta av karlarna på dejtingsidan. Chattade lite fram och tillbaka men ville som sagt träffa dem i verkligheten så snart det gick. Svårt att veta hur det skulle kännas bara genom att skriva till varandra.

Hade bokat in en träff med en Paul imorgon lördag när jag hade stängt butiken. Skulle bli spännande. Han var himla snygg på bilderna han hade på sin profil. Han hade inte skrivit så mycket om sig själv men en bild sa kanske mer än tusen ord?

Lördagen gick långsamt. Regnet öste ner så det var inte många som strosade i Linnéstan. Inga helt-apropå-kunder. Jag hade varit inne på toaletten och fixat till mig inför träffen. Flera gånger. Hade sminkat mig lite extra.

På med läppglanset och sen tog jag spårvagnen
ner till centrum. Snyggt grå tinningar. Luktade
gott. Fick en omfamning. Kändes skönt. Vi be-
ställde i kassan. Jag först, ett glas vin och en
macka, var lite hungrig, med mozzarella och
parmaskinka. Betalade själv. Snåljåp. Han be-
ställde en slät kopp kaffe. Minuspoäng. Hur fan
kunde han beställa en kaffe när jag beställde ett
glas vin? Idiot.

Vi satte oss i ett hörn. Jag med ryggen åt övriga i
lokalen. Han med ryggen åt väggen. Han satt och
log. Jag smuttade på mitt vin.

”-Skål!” sa han med kaffekoppen i högsta hugg.

Hade jag vetat att det skulle vara hans enda ak-
tiva replik på hela kvällen så kanske jag hade skå-
lat tillbaka.

Dejten var trist. Snyggingen förblev leende. Frå-
gade inga egna frågor och svarade kortfattat på
mitt snart sinande frågebatteri. Han undrade
inget om mig. Jag frågade vad han gjorde på fri-
tiden.

”-Inget speciellt.”
”-Går du på krogen och i så fall vart? Jag har ald-
rig sett dig förut...” försökte jag.
”-Nej det gör jag inte.”
”-Varför inte?”
”-Bor för långt bort från centrum. I Kärra.”
”-Ok varför bor du där då?
”-Har en lägenhet där.”

Mackan kunde inte ta slut fort nog. Behövde mer vin men inte i det här sällskapet. Vi sa hejdå utanför kaféet. Han ville gärna träffas igen. Tyckte att jag var trevlig. Jag avböjde. Hade snabbt lärt mig att vara rak och hyfsat ärlig. Annars skulle mejlandet, smsandet och alla telefonsamtal ta upp hela mitt liv. Jag förklarade att jag inte tyckte att vi hade så mycket gemensamt.

”-Lycka till!”

Jag traskade upp till Toscana på Kungsgatan där jag anade att Thomas skulle sitta.

”-Vin till en behövande!”

Härligt med goda vänner som alltid fanns där när man behövde dem.

Vi, alltså jag och Thomas, träffades igen dagen efter på Centralstationen mitt i Göteborg för att ta tåget upp till huvudstaden Stockholm. Paula var också med. Vi skulle till Möbel- och Designmässan. Vi brukade åka upp tillsammans, jag, Paula och Thomas, och återigen förena nytta med nöje. Paula hade köpt en fantastisk smakrik kycklingsallad och Thomas hade med en lagom kall flaska med gott vitt vin. Jag hade med kaffetermos och goda hembakta chokladkakor. Vilken lyxig brunch! De passagerare som hade tänkt att få en blund på resan upp blev nog förvånade. Inte för att vi märkte det men ändå. Vi snackade på som vanligt när vi kom i grupp. Vi pratade om allt mellan himmel och jord.

Skulle bli så trevligt att åka till mässan. Efter ett tag så slumrade Paula till och Thomas läste lite i en bok. Jag satt och kollade ut genom fönstret på det varierande landskapet som flög förbi. Vilken megatur jag hade som hade mina riktigt goda vänner.

Vi hade åkt till mässan de senaste åren och Alex hade varit på plats alla gånger. Han var himla snygg men det var också hans enda fördel. Han gick bort för mig. Vårt sista möte på motellet hade blivit en flopp. Ingen god eftersmak i munnen i bilen på vägen hem. Men... nu hade mycket annat varit på tapeten så sista minnet av Alex hade bleknat.

Jag såg honom direkt när vi gick in på mässan. Jag försökte verkligen att låta bli att titta åt hans håll. Vårt sista möte hade ju blivit sådär. Fick flashbacks framför ögonen.

Hans arga fru. Att jag ångrat mig när kroppen fått sitt. Han var fel för mig. Trots att det var fullt med folk i foajén så verkade det som om han kände på sig med ett sjätte sinne att jag var närvarande.

Han vände sig om direkt mot mig och log med hela sitt fantastiska ansikte. Hans tandrad var bländande vit och ögonen glittrade förföriskt. Han kom fram och kramade om oss alla tre. Mig lite extra. Jag blev nästan knäsvag. Fan.

”-Så roligt att ses igen mina göteborgare” char-
made han oss med direkt och bokade självklart
upp en drink i hotellbaren med oss vid sjutiden.

Han viskade med hes röst

”-Rum fyrahundratjugosju” i mitt öra.

Så jäkla självsäker. Han var helt övertygad om att
jag skulle komma springande med andan i halsen
för att bli påsatt ännu en gång. Fan vad väl han
kände mig och min kropp. Skämdes över min
egen kropp. Den skrek efter tillfredställelse men
innerst inne så längtade jag ju efter riktig kärlek.
Det räckte inte med att få en kuk då och då. Jag
ville ha en man att älska. En som inte redan var
gift. En som älskade mig. Inte bara för att jag var
kåt och glad och dessutom tacksam att bli påsatt
med jämna mellanrum.

Vi hade som vanligt lyxat till det med varsitt en-
kelrum. Inte bara för lyxen utan även för att det
var svårt att bo tre på ett rum. Kändes tokigt att
jag och Paula skulle dela och lämna Thomas ut-
anför. Därför blev det varsitt enkelrum. Vi skulle
träffa Alex i baren för välkomstdrinken men jag
hade gott om tid att göra mig iordning.

Älskade att duscha och fixa mig när det fanns
plats i schemat. Jag hade med mig två kalla
Bacardibreezers i min lilla kylväska bredvid res-
terna av chokladkakan. Öppnade den ena, röd
och god, tog en klunk och hoppade in i duschen.

Hade glömt duschkräm och schampo så jag fick använda hotellets. Funkade bra. Luktade gott. Löddrade in hela mig, passade på att undersöka mina bröst. Inga knutor. Bra där. Rakade benen även om det inte fanns några hår. Rakade mig under armarna och lite mellan benen. Snyggt och välvårdat. Inte för att jag skulle klä av mig och visa mig för någon. Absolut inte Alex. Men ändå. För att jag kände mig fin. Den känslan var jag värd. Efter att ha tvättat håret och tagit hela lilla flaskan med balsam så torkade jag mig med hotellets lyxiga mjuka frotté. Hemma hade jag inte sköljmedel när jag tvättade handdukar. Gillade egentligen när de var hårda. Kändes renare. Men nu var det lyxigt med fluffigheten. Jag hade med mig alldeles för mycket kläder. Hade lärt mig av tidigare misstag. Jag visste aldrig vad jag skulle känna för att ha på mig. Jag hade med flera alternativ.

Idag kände jag för min snäva svartvita klänning och mina favoritskor med hög klack. Passade mig perfekt. Borde kanske ha större bröst för just denna klänning. Skulle varit snyggare. Mina bröst såg lite trötta ut. Hade ammat mina barn länge och väl. Det hade det varit värt men brösten hade verkligen tagit stryk. Fick ta till ett klassiskt knep. Hade anat problemet redan när jag packade. Tog upp två sockor från resväskan. Rullade ihop varje socka till en korv och la en under var bröst i behån. Perfekt.

Jag tog sista klunken ur min dricka och öppnade en till, en gul och inte lika kall.

Kollade på klockan och såg att jag hade en kvart på mig innan vi skulle ses i baren. Smorde in benen. Sprutade på mig lite parfym. Angel. I förklädnad. La snabbt en makeup som gjorde att jag såg lite mer världsvan ut. Alltid lurade man någon. Nöjd med mig själv.

Jag plockade upp både Thomas och Paula på deras rum och vi gick ner till baren tillsammans. Ville inte riskera att komma först. Alex var redan på plats och hade beställt varsin Cosmopolitan åt oss.

”-Skål!” sa vi i kör och smuttade på våra drinkar.

Flera andra trängdes runt oss och feststämningen var redan på topp. I stort sett alla mässdeltagare samlades i baren/foajén. Middagen skulle börja klockan åtta. Jag hörde några av tjejerna prata om en Tord. Misstänkte att det var Alex ena anställde som han snabbt presenterat mig för tidigare under kvällen.

”-En sådan läckerbit!” sa den ena tjejen till den andra.
”-Mmm, honom vill jag ha!” svarade hon och så skrattade de ihop.

Plötsligt kände jag mig full i fan och snirklade mig fram i folkmassan för att hamna bakom Tord som stod ganska långt fram i kön mot matsalen. Jag knackade honom på axeln och han och hans kompis vände sig om mot mig.

"-Jaa?"

Han undrade vad jag ville. Såg ut som han inte sett mig förut.

"-Minns du inte mig?" frågade jag.
"-Svagt..." sa han. Vi lyfte våra glas till en skål och sen var det dags att gå in då dörrarna öppnades.

Middagssällskapet var mycket trevligt. Jag hamnade bredvid Paula och Thomas som vanligt. Vi satt på ett runt bord med fem andra. Hade bara träffat en av dem tidigare. De andra var nya bekantskaper. Riktigt skoj.

Jag gick till baren för att hämta kaffe och kaka efter maten. En riktigt stilig man anslöt och tittade uppskattande på mig.

"-Har suttit och tittat på dig ett bra tag. Du är mycket vacker!" sa han snällt.
"-Tack!" sa jag och kunde faktiskt förstå vad han menade. Jag kände mig fin idag. Skön känsla.
"Får jag fråga om dina bröst? Är de äkta eller har du opererat dem?" frågade han oförskämt men med glimten i ögat.

Tord hade slutit upp i baren. Han tittade lockande på mig och bad mig komma. Jag slapp bröstmannen och gick fram till honom. Han såg mycket nöjd ut. Triumferande.

"-Hur är det Lollo?"

Åh, han mindes mitt namn nu? Han var lagom kaxig. Kändes som om vi tävlade om vem som var kaxigast. Tävling? Jakten var igång. Tord var verkligen bildskön. Urtypen för det manliga släktet. Lång. Bredaxlad. Mörkhårig, kraftiga ögonbryn, stora händer och fötter. Mörka ögon, muskulös. Perfekta tänder. Oj, oj, oj... Jag smälter.

Paula och Thomas med sällskap tittade på oss. Jag tackade för mig och satte mig vid deras bord. Hade ingen lust att bjuda på detta skådespel. Brydde mig alldeles för mycket om vad Paula och Thomas tyckte om mig.

Kvällen fortsatte på diskoteket uppe i hotellkomplexet. Jag dansade med Thomas som jag räknade som min bästa vän, han förstod mig alltid utan att vara ett mähä. Han kom med kloka råd och inspel. Han var fantastisk. Faktiskt fantastisk på att dansa med. Han förde så bra. Jag var lycklig som hade både Paula och Thomas omkring mig. Alex bjöd upp.

Dansade med honom men kände tydligt att han hade sett sitt bäst-före-datum. Jag var så urbota trött på honom och hans otrohet. Inte sexigt alls. Alex mådde verkligen inte bra. Han var tydligen störd över att jag inte var lika intresserad som jag en gång varit.

Tord doftade gott. Dansade bra. Mycket bra. Han var en riktig goding. Han hade bjudit upp när jag stått i baren med Paula. Vi dansade resten av kvällen.

Han klämde så gott på mig och andades i mitt öra. En riktig förförare. Vi satte oss ner en stund och han bjöd på en drink. Alex kom fram, avbröt, och sa

"-Kom hit!"

Jag kände mig obstinat. Varför skulle jag komma på kommando som en annan hund? Jag hade väntat på att något skulle hända i flera år nu. Nu räckte det! Jag kommenterade bara hans order med ett kort

"-Nej."

Han lommade iväg. Tords ögon glittrade ikapp med discokulans prismor. Han var singel. Två-barnspappa. Bodde bara fem mil från mig. Typ i Borås. Varför skulle jag missa honom medvetet? Hände inte. Alex ringde på hotelltelefonen flera gånger under natten. Min mobil som var på ljud-löst hade även den vibrerat ett tiotal gånger. Vilken vedervärdig kvinna jag var. Egoistisk? Barnslig? Totalt urflippad?

Det bankade på hotelldörren till och från under natten. Trodde det var Alex. Orkade inte prata mer med honom. Situationen gjorde mig bara ledsen. Det blev ju inte vi mer för det. Var så himla trött på att vänta. Hade jag trott att väntan skulle leda fram till lycka så kanske jag orkat längre men jag hade slutat tro.

I nuläget var jag inte ens säker på att jag velat ha honom på riktigt, någonsin. Det var kanske bara en dröm, en längtan efter kärlek. En tröst efter mitt misslyckade äktenskap. Kärlekstörsten hade inte blivit stillad. Jag hade fått fysisk tillfredställelse, det skulle gudarna veta, men det hade kostat mer än det smakade.

Skämdes lite över mig själv att jag inte haft bättre koll över mina känslor utan bara flutit med. Till vilken nytta? Aldrig mer. Kändes bra att säga. Aldrig mer. Även om det kanske blev svårt att hålla i praktiken. Man var ju som man var. Eller hur? Kunde man förändra sig? Till det bättre? Vem avgjorde det? Undra det!

Hade inte sett några lysande exempel runt omkring mig. Jag kanske skulle ta täten? Ett perfekt exemplar på lyckad förändring. Såg rubrikerna framför mig: ”Förut styrdes hon av okontrollerade känslor. Nu. Nu har hon järnkoll. Hon följer inte sin hjärna, hon är inte manipulerande, beräknande, hon är inte dumdristig och följer sina okontrollerade känslor. Nej. Hon följer sina kontrollerade känslor. Hon följer sitt hjärta. Ibland gör det ont. Inte farligt, men otroligt härligt när det funkar.” Ojojoj pratar vi om mig? Mmm. skulle allt vara något det. Detta skulle dock bli min mission från och med nu.

Önska mig lycka till!

Jag hade inte berättat om Alex för Paula och Thomas. I min enfald trodde jag inte att de visste om vårt förhållande. Min mission skulle tas på allvar. I samma veva insåg jag självklart att även den grekiska guden Tord gick bort. Han var bara ett verktyg. Bra men övergående.

11

M amma, varför slår pappa dig?" viskade Alice i mitt öra.

Orden jag bävat att få höra i flera år.

"-Det gör han inte älsklingen. Det gör han inte" viskade jag tillbaka.

Alice klappade mig på kinden och försökte pussa bort mina tårar.

"-Är pappa en av de onda?" frågade hon med klar röst.

Vad svarar man på sånt. Ja han är den jävligaste jag känner men han är din enda pappa så du får hålla tillgodo? Jag klappade henne försiktigt på kinden och försökte trösta både henne och mig själv. Klumpen i bröstet bara växte och växte. Exploderar snart.

"-Pappa är inte en av de onda men han gör fel ibland. Det gör alla. Man får inte slåss men han kan inte hjälpa det. Mamma ska försöka hjälpa honom att må bättre gumman" sa jag även om jag inte trodde på vad jag sa själv.

"-Vem ska hjälpa dig då?"

Jag funderade en hel del periodvis. När jag orkade. Varför tillät jag vårt äktenskap att fortsätta som det gjorde? Varför lämnade jag inte? Var jag för feg? Var jag rädd för Peters reaktion? Eller var det bara så att jag inte ville erkänna att jag misslyckats med att hålla ihop familjen? För det mesta försökte jag tränga undan mina funderingar.

Dagarna rullade på i alla fall. Mitt mål var att hålla barnen utanför. De skulle inte växa upp och tro att deras pappa var ett monster. Jag ville verkligen skona dem från det. När de skulle bli vuxna kunde de själva bilda sig en egen uppfattning resonerade jag. Jag ville inte vara martyren som ställde barnen mot Peter. Innerst inne så trodde jag nog inte att någon skulle ta mitt parti. Jag kände mig utanför alla sociala sammanhang. De andra måste ju ha sett hur vi hade det men ingen hade kommit för att rädda mig. Kanske dags att baka en sockerkaka?

12

Mamma! Du måste komma hit och hjälpa mig! Nu.”

Love ringde på hemtelefonen och lät rätt hysterisk på rösten.

”-Vad är det som har hänt?”

Jag halvsov liggandes i soffan, ensam, med en halvdrucken vinflaska framför mig, teven var på, mitt i reprisen av favoritfilmen Notting Hill. Hade joggingbyxor på mig och en gammal t-shirt. Ännu en lyckad barnfri singelhelg...

”-Jag har haft fest hemma hos pappa nu ikväll och det ramlade in en massa folk. Hur många som helst. Flera som jag ens inte kände! Jag vet inte varför de kom. Polisen kom i alla fall och alla fick gå hem.”
”-Men herregud vad säger du? Kom polisen?”

Jag hörde själv att jag slöddrade lätt på rösten. Reste mig upp ur soffan, tappade filten på golvet, och gick fram till hallspegeln och tittade på mig själv med lätt avsmak.

”-Mamma du måste verkligen komma”
”-Var är pappa då?” försökte jag.

"-Han är på krogen med sin tjej och han svarar inte på mobilen."

Vad fasiken gör man? Dottern behöver hjälp. Sällan mellan gångerna nu för tiden. Jag visste inte ens att hon hade haft fest idag. Hon skulle vara hos Peter denna helg. Vad skulle han säga om han hittade mig där? Kunde jag säga nej till Love? Vad skulle hon tycka om mig då? Hur sjutton skulle jag ta mig dit? Hjälp! Polisen!

"-Jag kommer" hörde jag mig själv säga.
"-Tack mamma. Jag går ut till rondellen och väntar på dig. Skynda dig. Här ser fruktansvärt ut. Pappa kommer att slå ihjäl mig."
"-Lugn och fin" Jag kommer så löser vi det här."
"-Älskar dig mamma."
"-Älskar dig med gumman."

Taxin kom ganska omgående. Bra att bo centralt. Resan tog en kvart och kostade nästan trehundra kronor. Undrade om jag kunde fakturera Peter. Troligen inte. Mötte en frusen, ledsen och upprörd Love på parkeringen. Vi gick in efter en lång kram. Jag kände att jag hade nyktrat till. Tack och lov. Men vilket tillnyktringssätt...

"-Men herregud. Vad har hänt här?"
"-Jag sa ju det. Pappa kommer att bli vansinnig."

Vi tillbringade ett par timmar med att plocka skräp i huset. Allt från tomma ciderburkar, cigarettfimpar, godispåsar, trasiga glas och äckliga snusprillor. Fy fasiken. Hemmet var mer eller

mindre demolerat men det var mest ytlig skit.
Förutom trasiga glas var det några repor i vardagsrumsgolvet, två stora fläckar i soffan (min soffa) och vinspill på tapeten i köket. Men jag kände mig ändå glad att Love var hel och tackade Gud för att polisen kom. De hade tvingat Love att ringa mig också. Kändes bra att veta att de tog det på allvar när det hände saker och ting. Vem visste vad som hade kunnat hända annars.

Vi var nästintill klara med städningen när Peter och veckans dam kom in i hallen.

”-Vad fan gör du här?” frågade min charmerande före detta man mig.

Bihanget flinade bredvid. Lite för full. Lite för mycket urringning. Lite för små kläder rent allmänt. Vilket skåp hade han fått tag i denna gång?

”-Ja, varför har du inte varit här borde jag väl fråga?”

Jag förklarade snabbt vad som hade hänt. Love såg ut som en ledsen pudel och mitt hjärta ömkade för henne. Stackars lilla tös. Blev inte en sådan rolig kväll som hon planerat för.

”-Kom polisen?” frågade tjejen igen och gapskrattade.
”-Polis, polis, potatisgris” skrattade hon vidare och ena bröstet ramlade nästan ur medan hon kastade kroppen överdrivet fram och tillbaka. Peter såg något irriterad ut. Love såg förbannad

ut. Jag tänkte bara att jag hade velat kunna trolla bort mig själv som Burt i gamla teveserien Lödder.

"-Kom polisen verkligen?" frågade hon igen och nu ställde sig Peter framför henne och ville veta mer i detalj vad som hade hänt.

Han var förbannad på Love som bara hade lov att ha fest för fem tjejkompisar. Inga fler fick släppas in och sen var han förbannad på mig som gick hemma hos honom och rotade.

"-Rotade? Är du rolig eller? Jag har skurat och städat för att rädda ditt hem för attan."
"-Ja, men har du fotat eländet då?"
"-Fotat?"
"-Ja, för försäkringsbolaget. Hur tror du jag ska få ersättning om jag inte har bevis för vad som har hänt? Du är ju helt kass".

Jag tog med mig Love hem. Hon ville inte stanna kvar hos Peter. Nu tog vi bussen. Hon satt tyst och tittade ut genom fönstret under hela resan hem. Höll mig i handen. Undrade hur tankarna gick inne i hennes huvud. Jag vågade inte säga något. Ville inte störa. Strök med fingrarna över hennes lilla mjuka hand som började bli en vuxens. Naglarna var korta och målade med avskavt svart nagellack. Väl hemma drack vi gott te ihop, sov långt in på förmiddagen innan Alice kom hem efter ridningen på söndagen.
Vi somnade tidigt den kvällen. Imorgon var det dags för skola och jobb igen.

Thomas, jag och Paula satt i vårt lilla men fina kök med öppen dörr ut till butiken. Det var alldeles kav lugnt idag. Berodde säkert på det fina vädret. Folk ville lapa sol denna ljuvliga vårdag istället för att gå inomhus i vår butik och shoppa. Paula hade gjort en grekisk sallad som var helt sagolik. Fetaosten var en speciell sort som man bara kunde köpa i Saluhallen. Gudomlig! Paula flirtade som vanligt med allt och alla, även med mannen i Saluhallen. Hon fick köpa fetaost som han egentligen bara sålde till sina landsmän.

Paula babblade på och jag var så glad att jag kände henne. Vi hade varit vänner sen urminnes tider och det kändes som om vi var systrar. Hon babblade på och jag lyssnade med ett halvt öra. Tänkte på annat under tiden. Hon var lika glad för det. Hon älskade att babbla! Man behövde inte lyssna, bara sitta bredvid. Tacksamt!

”-Hallå! Någon här?”

Jag vaknade upp från mina dagdrömmar och reste mig upp med ett ryck.

”-Jajamen! Här är jag! Vad kan jag hjälpa till med?”

Det hade ramlat in en kund i butiken. Det var på tiden. Vilken grymt stilig karl! Paula kom raskt på benen hon med. Som en scout. Alltid redo!

”-Hej. Vill du ha hjälp?” flinade hon och ställde
sig med ryggen framför mig.

Mannen log tillbaka med ett blixtrande leende
och sa artigt men bestämt att

”-Nej tack! Jag ska prata med Lollo.”

Både jag och Paula såg ut som guldfiskar. Hur
visste han mitt namn? Han sträckte fram sin
hand och jag tog den i min.

”-Niklas” sa han med ett leende.
”-Lollo” sa jag som ett fån.
”-Jag vet” sa han.

Jag vet att du vet tänkte jag... jag undrade bara
hur. Sen gick det upp för mig när han fortsatte att
prata som om vi kände varandra att Herre Gud
det är ju Niklas från dejtingsidan.

”-Ja, jag hade vägarna förbi så jag tänkte passa på
att äntligen få träffa dig. Saknar ju dig.”
”-Ja, förlåt” stammade jag fram.
”-Jag har varit lite dålig på att kolla mina mejl. ”
”-Strunt i det, nu är jag ju här” log han med värl-
dens filmstjärneleende.

Jag blåste håret frenetiskt samtidigt som jag för-
sökte sätta på mig de tunna strumporna. Jag la
vant (vem lurade jag egentligen?) en snygg sober
makeup (trodde jag) som förstärkte mina klas-
siska drag (hoppades jag verkligen). Lite blankt

på läpparna och sen hoppade, nåja, satte jag på
mig mitt puderlila fodral. Jag älskade klänning-
en. Den var klassisk, välsittande och unik. Tack-
ade högre makter för all träning som äntligen gett
resultat. Min väninna som var sömmerska hade
sytt den åt mig. Så roligt nu när min kropp var åt
det hållet som jag ville. Allt passade igen!

Måste ringa henne förresten. Jag var så slarvig.
Måste hålla kontakten. Matchande skor var en
förutsättning, höga och fina de med. Jag smut-
tade på ett glas vitt. Lite för sött men det var det
enda som var kallt. Gott i alla fall. Skulle inte
dricka för mycket. Ville veta vad jag gjorde. Så
charmigt att han bjöd ut mig. Så roligt. Kul att
äntligen få gå på teatern. Gjorde jag sällan själv.
Sällan var lika med aldrig. Synd egentligen när
utbudet var så stort i Göteborg. Jag glömde av att
jag faktiskt bodde i en ganska stor stad. Men
ikväll skulle vi se... ja... vad var det nu? Mindes
inte riktigt, men kul skulle det bli.

Niklas slog en signal när han satt i taxin nedan-
för. Jag låste ordentligt och skyndade ner för
trapporna. Där satt han. Så snygg. Herre Gud.
Tänk om det blir vi... på riktigt. Vi matchade
verkligen varandra. Så här skulle jag kunna ha
det jämt. Jag bara njöt. Niklas kom gående ge-
nom folkhavet med ett par glas Champagne.
Han var på väg rakt till mig. Jag såg att andra
kvinnor tittade på honom uppskattande. Mmm.
Helt plötsligt gillade jag Champagne. Såå gott.

”-Skål hjärtat.”

Det hade varit ett rosa skimmer kring hela kväl-
len. Jag hade nästan svårt att njuta. Tänkte bara
på hur vi skulle kunna ha det om det nu blev vi på
riktigt. Somnade med världens största leende.

Telefonen ringde gång på gång.

"-Ja det är Lollo, Hallå..."

Jag svarade yrvaket i mobilen som jag efter en
stunds letande hittade i sängen.

"-Ja, hej, berätta allt" säger en ovanligt morgon-
pigg Paula.
"Jag såg er allt på dansgolvet på Glow. Du såg ut
som handen i handsken."
"-Jaja nu ska du inte överdriva" flinade jag.
"-Berätta."
"-Jaa, vad ska jag säga. Han är en kanonkille.
Dansar som en gud, är trevlig mot alla, dricker
inte för mycket. Är inte svartsjuk, har god smak
när det gäller viner och mat. En världsvan man.
Jag känner mig jätteuppvaktad. Vänta. Det ringer
på dörren."

Det tog en stund men sen var jag tillbaka till Pa-
ula.

"-Du kommer inte att tro dina öron" sa jag med
ett ännu större leende i ansiktet.
"-Vadå?"

”-Jag har fått en stor bukett med röda rosor. Helt fantastiska. Måste vara ett dussin och säkert en meter höga. ”
”-Herregud. Pippade ni i natt?”

Paula var mer upphetsad än jag.

”-Nej det gjorde vi inte.”
”-Sure bacon.”

Paula visade tydligt att hon inte trodde mig. Jag struntade i vilket. Jag var förvånad själv att vi inte slutade i sängen. Jag hade varit beredd. Mer än beredd egentligen. Helt våt mellan benen och hade trott att jag äntligen skulle få en man mellan benen igen. Vi hade delat en taxi sent på kvällen från Valand och han släppte av mig först innan han fortsatte till egna villan i Brottkärr. Han hade kramat om mig och gett mig en lätt kyss innan jag stod och tittade efter taxin som en ledsen madame.

Blommorna var så långa att jag inte hade en vas på rak arm. Jag fick gå ett par varv i lägenheten innan jag bestämde mig för att placera dem i den fina Villeroy Boch-vasen. Jag tog ut blockljuset och hällde i vatten istället. Rosorna var enorma. Fick klippa ner dem lite. Det var ett kort med där det stod *"Tack för en fantastisk kväll, Kram Niklas"*.

Följande veckor gick jag som i ett lyckorus. Tjejerna undrade vad det var med mig. Jag var tvungen att erkänna att jag träffade någon. De hade varit nyfikna och ville träffa honom men jag sa att det skulle dröja ett tag. Han reste en del i sitt jobb så vi träffades kanske för lunch ett par dagar i veckan.

Vi sov hos varandra åtminstone på fredagar och lördagar. Jag kunde inte lämna flickorna helt vind för våg så vi fick kompromissa. Ibland fick det bli fredagsmys ihop med dem först och sen tog jag bussen ut till Brottkärr för att sova där. Varannan helg var tjejerna hos Peter så då kunde vi umgås hela helgen om han inte skulle ha sin dotter. Jag hade redan träffat henne. Niklas var övertygad om att det var vi två från och med nu. Dottern var en blek varelse som verkade vara väldigt lugn. Hon var mest hos sin mamma som tydligen var en idiot enligt Niklas. Trots att vi inte var tillsammans varje dag så lärde vi känna varandra. Niklas skickade blommor eller kom förbi butiken med en bukett minst en gång i veckan. Han var generös med andra presenter och överraskningar också. Jag hade fått ett par klänningar som han gärna ville att jag skulle ha på mig. Hade fått en helt ny underklädesserie, hade kunnat kasta alla mina gamla trosor.

Förra helgen dök han upp utanför butiken precis när jag låst dörren. Han gav mig en puss och därefter en svart ögonbindel. Jag undrade vad som skulle hända och han bad mig bara att lita på honom. Så spännande. Jag fick böja mig ner och sätta mig i en bil.

Vi åkte en stund och sen var det dags att gå ut igen. Han höll mig i handen och visade vägen upp för en liten slänt. Väl på plats lossade han på ögonbindeln och vi stod utanför universitetets gamla byggnad på Vasaplatsen. Där i trappan stod en tjej som var uppklädd med en liten musikanläggning bredvid sig. Hon vinkade till mig och satte på musiken. Runt hennes fötter i trappan var det röda rosenblad utspridda och det hela kändes som om jag var med i en film. Hon sjöng en romantisk sång.

"-Stunder av stillhet. Ett ögonblick av ro ibland. Stunder av lycka. Att bara ha varann. Det är en rikedom, att få älska och att älskas. Vår kärleks sårbarhet är det vackraste jag vet..."

Niklas höll mig i handen och tittade mig djupt i ögonen. Ett kort stund var jag rädd att han skulle gå ner på knä och fria till mig. Hade tyckt att det skulle varit lite obekvämt. Så länge hade vi inte känt varandra ännu. Vi behövde mer tid tillsammans. Men vilken romantiker. Jag var djupt imponerad. Tjejen sjöng en sång till och sen vinkade hon igen och stängde av musiken. Vi promenerade till en restaurang och där bjöd Niklas på middag. En sådan överraskning en vanlig onsdag. Pluspoäng.

Vi två, Niklas och jag, som hade börjat umgås allt oftare skulle på ettårsjubileum på en krog i Vasastan. Skönt att höra ihop med någon och slippa gå dit ensam. Kärleken plockade upp mig och min kära kollega Paula på Linnégatan.

Vi hade gjort oss i ordning tillsammans hemma hos henne och tagit ett par drinkar innan kärleken kom med stora snygga bilen.

Allt för att vi skulle slippa gå med våra klackar. Gud vad jag var stolt över honom. Han var som en dröm. Även bilen var som en dröm, Porsche Cayenne. Vilket sammanträffande. Vi hoppade in i lyxbilen och kylan i luften slog emot mig omgående. Vad hände? Vi konverserade artigt under den korta resan från Linnégatan till Vasagatan men något magiskt hade tagit slut. Jag förstod ingenting.

Paula tog mig åt sidan mellan drinkar, skålande, hurrande och nya vänner.

”-Jag måste berätta en sak. Det hände för väldigt länge sedan.”
”-Ok. Vad då? ”
”-Jag har knullat med din nya kille.”
”-Ok... När då?”
”-Det var flera år sedan.”
”-Jaja... nu är han min. Skål. Ingen stor grej. Göteborg är litet. Lilla London du vet.”

Kärleken blev självklart konfronterad med faktum på vägen hem i den snygga bilen. Mest på skoj.

”-Har du satt på min väninna? Var det skönt? Bättre än jag? När var det? Har du känslor för henne fortfarande? Vad vill du med mig egentligen? Vem är snyggast? Paula eller jag?”

Kärleken svarade så som kärlekar ska:

”-Du är bäst. Jag minns henne inte ens.”

Mmm. Han var min. Honom skulle jag ha i all evighet.

Tjejfest hos Paula följande helg. Alltid lika roligt. Tina blandade Cosmopolitans. Hade hämtat is på Mc Donalds. Vi gillade drinkar. Sååå gott.

”-Skål! ”

Lena Philipssons *”Han jobbar i affär”* tog överhanden för en kort stund och vi dansade, sjöng och drack om vartannat. Maten smakade härligt förträffligt. Rostade pinjenötter var min favorit ihop med de här salladsbladen. Vad hette de nu igen? Gott var det i alla fall. Jag berättade historien om Kärleken och Paula. Övriga väninnor vältrade sig i succén.

”-Herre Gud!”
”-Är du inte svartsjuk?”
”-Nej... jag litar faktiskt på min man. ”

Paula erkände att hon hade mer att berätta.

”-Det är det sista... Sen har jag inga fler hemligheter. Jag lovar.”
I bakgrunden hörde man Respect med Aretha Franklin i bakgrunden.
”R E S P E C T!”

Jojo.

"-Ja… det stämmer att vi hade sex ihop. Men det
är också första och enda gången i mitt liv som jag
funderat på att backa då han var den mest väl-
hängda mannen jag någonsin träffat."

Det var då jag förstod att Paula inte alls satt på
min kärlek. Han var mycket, men inte stor mel-
lan benen. Hon måste ha satt på hans tvillingbror
som jag inte ens träffat ännu. Jag höll tyst om
detta. Härligt att ha avundsjuka väninnor när det
var på den nivån.

Vardagen rullade på. Våren blev till sommar och
jag var ledig tre veckor i rad under juli månad.
Jag var både med barnen och med Niklas. För-
sökte hålla kvar den goa nyförälskade känslan
men det var svårt. Kändes inte som om det var
mitt fel. Satt och försökte författa ett mejl till
Niklas då det kändes svårt att få hans uppmärk-
samhet just nu.

Jag satt vid datorn och tänkte efter vad jag ville
ha sagt. Plingade till i inboxen och det var följe-
tongen Alex som inte gav upp.

Från Alex
Till Louise

164

Älskar dig!

Tänkte en kort stund men svarade sen. Mjukare
än vad jag tänkt.

Från Louise
Till Alex

Kram

Från Alex
Till Louise

Livet känns helt plötsligt lite bättre när jag fick
ett mejl av dig.
Varm i hela kroppen.
Älskar och saknar dig!
(Skulle vi inte sluta med det här?)
Pussar och kramar//Alex
Från Louise
Till Alex

För mig så är det enklare om du inte hör av dig. Jag har en ny relation och vill inte förstöra något där.

Nu fick jag en klump i halsen och tårar i ögonen igen. Faaaan!

Från Alex
Till Louise

Förlåt

Jag torkade tårarna. Försökte ta ett djupt andetag och skriva mejlet till Niklas istället. Mycket viktigare.

Han var viktig för mig. Inget allvarligt men ändå ngt jag ville säga honom. Jag hade ett stort behov av närhet och kände att jag inte fick mitt behov tillfredsställt. Pinsamt. Sorgligt. Men dock sant. Visste att han inte alltid var på topp men jag kunde inte låta bli att nämna detta för honom i alla fall. Jag ville att vi skulle ha det bästa vi kunde önska oss.

Sommaren hade varit härlig men också skapat en himla massa frågetecken. Jag hade förstått att jag inte kunde ändra honom men jag ville att han berättade för mig om han saknade något eller ville ändra något hos mig så därför gör jag detsamma till honom. Igår kväll när jag bad honom att komma o lägga sig hos mig, så var han helt inne i datorns värld. Kändes som om han inte tar tiden med mig på allvar. Han la hellre tid med datorn än att ta till vara tiden med mig. Trots att han faktiskt hade hela dagarna till datorer och dylikt. Kände mig återigen tagen för given. Detta var inte första gången utan bara en gång av alla gångerna liknande hände.

I morse när jag var nyduschad och slank ner mellan lakanen för att gosa med honom, mannen i mitt liv, så blåste han irriterat bort mitt hår som visst killade honom i näsan. Ingen kram. Ingen kommentar. Kändes som om jag måste be om att bli uppskattad. Jag var kanske bortskämd med att vara uppvaktad? Kanske hade fel. Jag kände mig lite i vägen fast jag inte trodde att jag var det. Jag trodde att han älskade mig mycket, mycket. Ändå kändes det som om jag bara var självklar. Att jag bara fanns. Vi bodde ju inte ens ihop. Vår tid var begränsad eftersom vi hade barn på varsitt håll. Den tiden vi fick skulle vi väl använda på rätt sätt. Fullt ut? Var det för mycket begärt?

Jag ville att hjärtat skulle dunka lite extra när jag skulle träffa honom. Jag ville bli varm i hjärtat när jag tänkte på min kärlek. Jag älskade honom och ville känna att han älskade mig. Jag skulle vilja att när jag ropade på honom o bad honom

lägga sig hos mig, då skulle jag vilja att han kom
springande o la sig hos mig. När jag kom på mor-
gonen skulle jag vilja att han kramade om mig
och hade svårt att släppa mig trots att jag måste
kila till jobbet.

Kände att det redan var över när jag satt och för-
sökte författa brevet eller mer moderna mejlet.
Jag ville inte tvinga fram kärleken. Jag ville att
det skulle vara naturligt, kärleksfullt och spon-
tant. Inget av det stämde överens med verklig-
heten. Allt var fel igen. Varför blev det så här?
Tårarna rullade sakta ner för min kind. Varför
satte jag mig själv i liknande situationer? Kanske
inte skulle ta förhastade beslut. Kanske skulle bli
bättre när vi bodde ihop längre fram?

Nu låg jag ensam i sängen ännu en lördag, en
barnfri härlig lördag. Borde vara perfekt. All tid i
världen för varandra. Men tyvärr hade vi inte
samma världsbild. Jag hade ett stort behov av
närhet och jag fick inte detta behov tillfredsställt.
Jag visste också att jag inte kunde ändra på
Niklas eller på någon annan heller men jag var
olycklig när jag borde vara som lyckligast. Kän-
des fel. Vår kommunikation var totalt menlös.
Jag ville prata, Niklas tyckte att jag överdrev.
ALLT.

Igår kväll, fredag kväll, när det var över en vecka
sedan vi delade säng bad jag Niklas att komma
och lägga sig hos mig. Jag fick knappt något svar
utan han var helt inne i datorns värld. Utöver att
jag kände mig som ett barn som tjatade om go-

dis mitt i veckan så kändes det som om Niklas inte tog tiden vi hade tillsammans på allvar. Kände mig inte älskad. Kände mig tagen för given. Niklas hånade mig när jag berättade det.

"En klyscha från veckotidningarna. Väx upp nu Lollo!"

Han behandlade mig som ett barn och emellanåt kändes det som om han ville att jag åkte hem till mig själv igen.

Försökte att slå bort tankarna på Niklas. Det kanske skulle lösa sig av sig själv? Jag kanske inte skulle krångla till allt som vanligt. Paula brukade säga *"Go with the flow"*. Jag skulle försöka med det. Funkade det för henne så kanske det skulle funka för mig också. Go with the flow. Det saknades inte andra saker att tänka på. Butiken var viktig eftersom det var där jag hade chans att försörja mig själv. Jag, Thomas och Paula hade en plan. Den pratade vi om gång på gång och dessutom slet vi för att nå dit vi ville. Alla tre ville jobba med det roliga vi gjorde och dessutom ville vi tjäna ännu mer pengar. Vi sprang omkring som yra höns. Ikväll var det vår kundkväll i butiken. Vi skulle slå upp portarna inom en timma. Butiken visade upp sig från sin finaste sida. Hösttema.

Jag var så stolt och Thomas och Paula såg minst lika stolta ut. Vilket gäng vi var. Så skönt med riktiga vänner. Hade inte klarat mig utan dem. Jag tände alla små stearinljus och värmeljus i butiken. Thomas hällde upp vin i de nyinköpta vinglasen från Ikea. Förra happeningen vi hade i butiken blev lite för dyr. Då hyrde vi allt porslin från en uthyrningsfirma och bestämde att vi skulle köpa glas och porslin nästa gång.

Paula puffade de sista kuddarna och när vi var helt klara satte vi oss ner med varsitt glas för att skåla för ett gott arbete.

”-Skål!”

Kvällen blev en ännu större succé än sist. Paula hade lyckats få med butiken i flera inrednings-bloggar och kundkretsen växte hela tiden. Thomas var en mästare på att få alla i butiken att känna sig sedda. Man blev glad och varm när man såg honom.

Efter stängningsdags fick vi möblera om en hel del då vi sålt ett par stora möbler. Trevliga bekymmer! Mer sådant! Paula nämnde att det var dags att planera in nästa inköpsresa.

13

S att och läste igenom brevet som jag skrivit till Peter:

Hej

Hade önskat att vi kunde prata istället men jag har testat. Det går inte. Antingen lyssnar du inte eller så blir du bara förbannad. Eller så hittar jag inte orden i rädsla för hur du ska reagera. Det finns så mycket jag skulle vilja prata om. Så mycket som jag vill att du ska veta. Skriver istället för att prata.

Vårt liv hade kunnat vara så underbart. Vi har två fantastiska barn. Hela och rena. Tio fingrar och tio tår. Ändå så är det inte underbart. Det känns som om du hela tiden letar fel på mig. Vad har hänt med dig? Vem har gjort dig så illa? Varför tror du att jag vill skada dig och vårt äktenskap?

Jag var så kär när vi träffades. Du var den snyggaste i hela Göteborg. I hela världen. Det tycker jag fortfarande att du är. Jag skulle vilja ha kvar den första känslan. Då när det bara fanns möjligheter. Nu känns det som vi går från den ena konflikten till den andra. Jag förstår mig inte på dig. Jag upplever dig som direkt elak. Du gör ditt bästa för att såra mig.

Jag anstränger mig fullt ut varje dag för att motsvara dina förväntningar på mig.

Jag går upp innan dig för att göra frukost åt dig innan du kör iväg till jobbet. Jag väcker tjejerna. Tar dem till dagis och skolan. Jobbar några timmar för att bidra till hushålls-kassan.

Jag vet att jag tjänar dåligt men det måste väl vara bättre än ingenting? Jag hämtar barnen. Lagar mat som är färdig när du kommer hem från jobbet. Även om du inte ser det så anstränger jag mig för att vara fin när du kommer hem.

Skulle göra allt för att du var lycklig. Vi har ju en fantastisk liten familj. Varför räcker inte det? Vad vill du att jag ska ändra på? Hjälp mig lyckas att hålla ihop vår familj.

Flickorna älskar dig och jag vill att de ska vara stolta över sin pappa. Hjälp mig med det! Snälla du! Vi klarar detta tillsammans.

Kanske behöver du gå och prata med någon. Någon som kan få dig på bättre tankar. Tror inte att du mår bra av att göra mig illa. Du brukar ju ångra dig dagen efter. Tänk om du kunde sluta dricka alkohol helt och hållet. Det kanske räcker? Är du villig att försöka för vår skull? Snälla!

Jag vill så gärna att det ska funka.

/Din Lollo

Hade läst brevet tre, fyra gånger. Vad skulle jag
göra med det? Ge det till honom? Skulle bli kost-
samt. Nej. Jag knycklade ihop det och satte eld på
det med en tändsticka. Tänkte inte riskera att
han läste det. Ändå ingen idé.

14

Så låg. All kraft var borta. Skulle jag prata sanning så var jag tvungen att erkänna att jag tyckte lite synd om mig själv. Hade varit på diet ett tag. GI. Hade gått bra och jag hade gått ner alla kilon jag önskade, till och med några till. Men så trist. Inget vin på kvällarna. Inget bröd till frukost. Väldigt lite energi. Läste om GI på nätet och hade äntligen fattat att jag måste börja öka kolhydratintaget nu. Skulle börja successivt idag. Måste ut och handla lite.

Hoppade i skorna som stod i hallen. Tittade mig inte ens i spegeln. Kände ingen häromkring ändå. Kunde bara tänka på mat. Gärna något onyttigt. Kanske en liten Japp också. Det kunde väl inte skada? Hade ju varit värre om jag hade tryckt i mig en tvåhundragrams Marabou helt själv. Hade inte varit svårt alls. Gjort det många, många, gånger. En liten Japp fick det bli med. Den var jag mer än värd.

Jag trodde att jag skulle dö! Det måste vara Micke. Jag dör. Mitt hår var fett och jag var osminkad. Fan att jag gick ut så här. Bara han inte såg mig. Jag satte mig på huk i spårvagnskuren vid Brunnsgatan. Micke rastade sin stora svarta schäfer precis nedanför Annedalsskolan. Gud vad snygg han var. En man i uniform.

Bara en Securitas-uniform, men ändå. Uniform som uniform. Jag var livrädd för att han skulle upptäcka mig. Ännu värre nu när jag dessutom satt på huk. Hur hade jag tänkt?

Korkad idé att sätta mig här. Måste flytta på mig. Micke började gå mot spårvagnshållplatsen. Hunden började skälla och jag sprang allt jag hade in i vårt hus. Var nära att halka.

En och annan snödriva hade stannat sedan förra veck-ans snöfall. Självklart hittade mina fötter just dit. Lyckades precis hålla mig på bena. Sprang fort. Upp för trapporna och sen in genom min egen ytterdörr igen. Micke försökte tysta hunden. Mitt hjärta bankade och jag hade blod-smak i munnen. Skulle aldrig mer gå ut utan att vara helt iordninggjord. Jag var inte ens intresse-rad av Micke men det verkade som om jag ville att han skulle tycka att jag var fin iallafall.
Min nya sunda livsstil började kännas naturlig. Såg faktiskt fram emot att åka skidor nästa vin-ter! Nu skulle jag åka om Åsa utan problem. Med stor glädje. Och våfflor skulle jag inte ha. Absolut inte. Största skillnaden utöver mina minskade kilon var att jag kommit igång att träna. Kändes gott. Körde styrketräning. Helst tre pass i veckan. Hade fått ett kanonprogram av en gammal kom-pis som visst vunnit SM-guld. I tresteg? Eller var det längdhopp? En sann stjärna! Han hjälpte mig igång och det var han guld värd för. Strunt samma. Bra program. Passade mig perfekt. Kän-des så lyxigt nu när barnen klarade sig själva. Jag kunde unna mig lite vuxentid även om det oftast

176

blev i min ensamhet. Tur att man gillade sig själv.
Hade varit glad om någon annan gjorde det
också.

Om jag skulle sammanfatta de följande veckorna
så skulle jag göra det med några ord: Mycket trä-
ning, Nyttig mat, levande ljus, mycket tevetit-
tande, mycket bok-läsning, kallt ute, bakat, bara
nyttigt självklart. Fikat med Thomas och Tindra,
skvallrat med Paula och umgåtts med mina här-
liga barn. Mysiga veckor utan komplikationer.
Mysigt men jag saknar fortfarande mannen i mitt
liv. Var var han? Framför allt... Vem var han? Var
det Niklas som jag hade i mitt liv just nu?

En kväll när jag satt och kollade mina mejl och
bläddrade bland ansiktena på dejtingsidan så fick
jag ett mejl från Securitasvakten. Fan... hade han
sett mig ute i kuren trots allt?

Från Mikael
Till Louise

Hej Lollo
Du vet väl att jag gärna vill umgås med dig!
Hör av dig om du kan och har lust.
Kram Micke

Jag hoppade över att svara honom. Kände han inte som jag att vi inte borde ha något samröre när vi hade umgåtts i våra tidigare liv? Funderade han inte hur hans barn skulle reagera? Överdrev jag? Jag tryckte bort hans mejl och hoppades att han skulle hitta någon annan att dra över.

Nu hade jag Niklas och behövde inte springa på varje boll som kom rullande. Niklas var i fokus. Åtminstone intalade jag mig det. Hade jag orkat så hade jag gjort slut redan nu. Han var inget för mig.

Barnen var hos Peter. Jag hade varit ensam hemma och Paula hade övertalat mig att hänga med. Baren var smockfull med karlar. Vi hade varit på Ladies Night på Scandinavium. Vi var ute med Paulas damklubb och de hade ordnat en efter-fest med ett stort killgäng. Så perfekt. Borde kanske längtat hem till Niklas. När jag tänkte på honom fick jag bara ont i magen. Det kändes som om han bara hade mig när det passade honom. Jag stängde in tankarna på honom och såg ett hav av möjligheter framför mig. Jag fick ta och snacka med Niklas nästa vecka. Denna helg var han iväg på en jobbresa ändå. Vi gick till Glow efteråt för mingel och lite mat. Kände mig populär. En kille på varje sida om mig i baren.

"-Rör henne inte, hon är min!" väste Paula till dem.

De flyttade sig besvärat och lämnade plats för
Paula bredvid mig. Paula gav mig en lite för blöt
kyss på kinden och tog ett stadigt grepp kring
min ena skinka. Jag tittade förvånat på henne.
Vad ville hon?

"-Jag ville bara få din uppmärksamhet darling.
Jag går hem nu. Inte ensam. Puss så ses vi imor-
gon."

Jag bestämde snabbt att jag skulle stanna kvar en
stund själv. I vimlet märktes det inte om man var
själv. Lite tråkigt kanske men ännu tråkigare att
gå hem redan nu. Jag stod kvar vid baren och
tittade bort på dansgolvet. Såg trevligt ut. Helt
fullt med folk. Funderade på om jag skulle dansa
lite eller kanske gå hem i alla fall. Ganska trött
efter denna helkväll. Jag skulle öppna butiken
själv imorgon.

När jag stod en stund och funderade så såg jag en
läckerbit i vitögat. Manlig till tusen. Lång, stor,
utan hår och med vitt leende. Heta ögon, snyggt
klädd, stora skor och snygga de med. Välputsade.
Såg världsvan ut. Flirtade konstant med mig.
Varje gång jag kollade på honom så tittade han
uppskattande på mig och log. Behagligt. Musiken
pumpade ut ur högtalarna och det var lagom
många fastklämda lyckliga människor på dans-
golvet. Fullt med törstiga munnar i baren och
sofforna var fyllda med idel leenden.

Vi dansade tre fyra danser tätt intill varandra och
han bjöd på ett glas kylt vin. Han hittade en lug-
nare plats vid sidan om baren dit musiken inte
nådde fullt ut och vi småpratade. Det pirrade i
min kropp och jag smålog när jag tänkte på vad
kvällen kanske hade att erbjuda. Det dåliga sam-
vetet gjorde sig påmint. Jag måste avsluta Niklas.
Hade inga känslor för honom längre. Stängde
mina tankar och fokuserade på nuet istället. Våga
vinn. Han arbetade som polis i Oslo. Han såg inte
ut som en vanlig patrullerande polis men kanske
var kommissarie. Undrade om det hette så i verk-
ligheten. Hade förmodligen sett alldeles för
många amerikanska filmer. Snygg och attraktiv
iallafall. Mycket attraktiv. Skön röst, älskade
verkligen hans röst. Gjorde mig lite knäsvag. Såg
fram emot kvällens avslutning. Skämdes nästan
över mig själv men jag skulle verkligen behöva en
skön man ikväll. Han rörde mig längs underar-
men både när han själv pratade eller bara lyss-
nade på mig. Kändes helt naturligt. Kändes som
om han var mycket intresserad av mig. Lucky me.
Han presenterade mig för en vacker kvinna som
stod vid bordet bredvid oss.

"-Ingrid! Du måste hälsa på Lollo. En mycket
trevlig kvinna. Är säker på att ni kommer att
uppskatta varandra".

Vi tog varandra i hand och skålade. Vi blev läm-
nade en kort stund då Leo gick till baren. Ingrid
hade mörka pigga ekorrögon och hade exklusiva
kläder och smycken. En snygg behaglig kvinna i
45-årsåldern. Kanske lite äldre. Svårt att säga.

Vi pratade om musiken som spelades, om vinet vi drack och om mitt halsband som hon beundrade. Norskan var lätt att förstå och vi skrattade åt Leo som balanserade tre vinglas och en skål med nötter. Han såg ut som ett barn på julafton.

"-Så glad jag blir att ni ser ut att trivas tillsammans" sa han på sin härliga norska.

Jag kände mig så himla tacksam för att det fanns så många glada varma människor trots allt. Vi tog tag i varsitt nytt kallt glas och skålade för livet. Leo pussade mig nära örat och han kändes het och skön. Längtade efter att få känna mer. Ett enkelt sätt att göra slut med Niklas. Vi hade en rolig stund ihop alla tre och jag kände att jag borde bjuda igen. Jag sökte ögonkontakt med Jonas i baren för att beställa en runda till. Vi fick våra glas och skålade igen och igen.

Jag och Ingrid dansade tillsammans. Så fantastiskt bra musik. Leo passade glasen och hade uppsikt över våra väskor. Tur jag hade stannat kvar när Paula gick iväg. Man måste våga chansa ibland. Jag behövde lära känna fler nya människor. Kunde inte hänga upp mitt liv på några få. Med jämna mellanrum så byttes vi om. Ingrid passade bordet så jag fick dansa lite med norrmannen igen. Jag var genomvarm och behövde lite luft. Leo föreslog att vi skulle fortsätta kvällen på hotellet tvärs över gatan. Ingrid nickade och tittade mig djupt ögonen.

Lite berusad ställde jag ifrån mig det halvfulla glaset och gick steget bakom Ingrid. Skulle bli skönt med lite frisk luft. Den store norrmannen visade vägen. Vi korsade Kungsportsavenyn och var på väg in på hotellet. Jag undrade plötsligt vart vi skulle.

"Jag ser på dig att du behöver både mig och Ingrid ikväll. Vi ska hem och ha det fantastiskt skönt" sa han och log sitt vitaste leende.

Trots mitt påverkade omdöme förstod jag vad som höll på att hända. Jag hade blivit uppraggad av ett par. Herregud! Såg jag så desperat ut? Kåt och desperat. Så sant. Men nej. Inte redo för en trekant trots det.

"-Men ni gillar ju varandra?" försökte Leo.
"-Tack för erbjudandet men nej tack!" skrattade jag samtidigt som jag gick ut i den kyliga vårkvällen igen.

Från Louise
Till Mikael

Hej!
Hoppas allt är bra med dig. Jag är ganska slutkörd.
Brukar alltid ligga på topp men nu måste även jag dra ner på tempot. Skulle på middag idag,

*krogen imorgon med väninnorna men... jag
hoppar över det. Ska bara vara hemma och dra
benen efter mig:)*
*Jag skulle gärna träffa dig efter denna "åter-
hämtning" men jag har ett svagt minne av att
när vi träffades sist så hade vi olika "baktankar"
med vårt möte. Jag gillar dig och tycker att du
är trevlig men jag har träffat en annan man
som jag dejtar lite nu.*
*Vill du ändå träffa mig som kompis så vill jag
gärna. Har alltid gillat att umgås med dig (och
din före detta fru) ute i*
Billdal. Kul att babbla lite osv.
*Jag vill inte göra dig ledsen eller besviken så jag
försöker vara övertydlig:)*
Hör av dig om du vill!
Kram Lollo

Butiken hade vuxit. Helt fantastiskt. Vi hade varit
tvungna att bestämma oss hur vi skulle gå vidare.
Vi ville alla tre tjäna mer pengar. Butiken räckte
inte till för att fylla alla våra krävande plånböck-
er. Nu hade vi hyrt lokalen bred-vid vår gamla
lilla lokal och utökat sortimentet med större
möbler som soffor, skåp och sängar. Dessutom
hade vi fått in enorma mattor. De var ljuvliga.
Dyra men fina och de saknade motstycke i Göte-
borgs butiker. Mer pengar in per sälj. Kändes
klockrent. Vi hade redan fått tillbaka vår investe-
ring så jag vågade att andas ut. Vi hade pengar på
kontot och nu skulle ännu en inredningstidning
göra ett reportage från vår butik. "Ett av Göte-

borgs smultronställen när det gäller inredning."
Härligt. Det märktes direkt om någon hade skri-
vit några rader om oss. Oavsett vilken produkt de
hade highlightat i tidningen eller på nätet så
sålde den slut omgående. Paula var duktig på att
nätverka och hittade alltid nya samarbetspart-
ners och nya fans till vår butik. Vi behövde verk-
ligen hennes sociala förmåga. Mun till mun-
metoden funkade perfekt.

Från Mikael
Till Louise

Hej igen
Det var ju tråkigt att du känner så, jag trodde
kanske att det fanns något, men det är bra att
du säger som det är. Om du skulle ändra dig så
vet du ju var jag finns, vi skulle kunna göra
många roliga grejer, ut och resa o liknande.
Ha det bra!
Kram Micke

"-Din telefon ringer Lollo! "

Fasiken, det var Niklas. Jag måste svara.

"-Ja hallå det är Lollo! "

184

"-Hallå hjärtat. Allt bra? Vi kommer ikväll som vi planerat."

Niklas och hans dotter skulle komma på middag ikväll. Dags för våra barn att träffas tyckte vi i ett svagt ögonblick. Jag visste inte vad jag tyckte men Niklas var bra. Sen visste jag inte om Niklas och jag i en kombination var ultimat men vad fasen. En middag hade väl ingen dött av. Jag ville egentligen göra slut men det kom aldrig ett bra tillfälle. Det kanske var jag som drog för snabba slutsatser. Jag kanske skulle ge det en chans? Hade ju inte varit otrogen även om det var på god väg.

Från Louise
Till Mikael

Låter lockande☺Är säker på att vi skulle ha skoj. Om jag kommer på bättre tankar så lovar jag att jag dubbelkollar om du fortfarande är lovlig!
Kramar

Det blev jag, Alice, Niklas och hans något tillbakadragna dotter som åt middag ihop.

Love skulle ut med kompisar på förfest i Skintebo
och sen vidare på någon konsert på Sticky Fing-
ers inne i stan. Vi bestämde att Love skulle sova
ute hos sin pappa i Billdal eftersom flera av kom-
pisarna som skulle med till Sticky skulle hem till
Skintebo och då kunde Niklas med dotter sova
över hos oss. Mysigt.

Efter ett tag fann Niklas dotter My och Alice
varandra. Åtminstone skapligt. Jag och Niklas
satt stelt bredvid varandra i soffan och vågade
inte vara lika intima som jag önskade när vi var
ensamma. Hela kvällen kändes lite obekväm.
Niklas undrade provocerande hur jag kunde låta
Love vara ute så sent och han sa att ålders-
gränsen var mycket högre på Sticky Fingers. Lät
som om han tyckte att jag var en dålig mamma.
Jag var inte säker på att han hade rätt men jag
kände att jag inte ville diskutera det med honom
oavsett. Niklas var bra på många sätt men en av
hans nackdelar var att han var en besserwisser av
stora mått. Han hade alltid rätt, i alla fall i hans
värld. I min värld såg det lite annorlunda ut.

Jag vaknade av ett ryck mitt i natten. Det ringde
på dörren. Eller hade jag hört fel? Jag sprang upp
snabbt som en smidig gasell för att inte hela hu-
set skulle vakna. Det var Love som stod där lite
vingligt med en kompis.

”-Hej mamma! Kan vi sova här i alla fall? Både
jag och Klara?”

I vanliga fall svarade jag alltid ja på sådana frågor. Självklart. Man var väl flexibel? Flexibel var väl inte ordet det första ordet som jag i skulle sammankoppla med Niklas. Snarare det sista. Jag ville så gärna att den här övernattningen skulle bli lyckad så jag slapp åka ut till Brottkärr varje gång.

Niklas hem var säkert helt fantastiskt. En skapelse i glas och betong. Skapat av en dyr arkitekt. Tomten var som de flesta andra där ute. Magisk. Inte havsutsikt men mitt i naturen. Ingen insyn alls. Berg och tallar. Kändes lyxigt. Stilrent, kalt och nästintill kliniskt. Snyggt. Men... absolut inte det minsta hemtrevligt. Hans soffa var lika hård som min toasits. Inte mysigt alls. Det var luftigt. Kanske så luftigt som jag trodde att jag ville ha det när jag inte kunde välja. Niklas hem var som taget ur ett exklusivt heminredningsmagasin. Allt var rätt. Om han hade vänt sig till mig för hjälp med stylingen så hade jag fört in textilier. Mjuka kuddar till soffan. Ett par sköna plädar till vardagsrummet. Gröna växter för att mjuka upp det strama. I köket hade jag absolut tillfört mer grönt. Det såg nästan ut som en obduktionssal i dagsläget. Jag behövde lite mänsklighet för att trivas. Måste se ut som om någon verkligen bodde där. Liv? Nu när jag hade inrett min lägenhet så kändes mitt hem som en dröm. Min dröm. Jag var så hemkär så.

"-Nej Love det funkar inte..." viskade jag med dörren öppen med en liten glipa. (Jag var ju naken...)
"-Snälla mamma. Vi hinner nästan inte med bussen".
"-Då får ni skynda er flickor. Spring till Linnéplatsen" sa jag kallt.
"-Ok men då måste jag in och hämta mitt busskort. Glömde det hemma förut".
"-Nej! Jag hämtar det".

My och Alice låg där inne och sov och jag vill inte riskera att en "något rund under fötterna"-Love väckte dem. My och Love hade aldrig träffats och det skulle de inte göra ikväll heller. Jag stängde dörren och smög in i flickornas rum.

"-Lollo? Vad är det som händer?"

Niklas ropade på mig. En viss irritation i rösten hördes. Jag kunde inte svara eftersom jag var i flickornas rum. Jag snubblade ur rummet i mörkret, öppnade min sovrumsdörr och sa med onaturligt lugn röst

"-Ingen fara, jag bara fixar lite, ligg kvar, jag kommer snart och kryper ned bredvid dig. Du kan göra dig beredd. Puss, puss!"

Jag stängde till dörren och skyndade mig in i flickornas rum igen. Hankade mig fram i mörkret. Love hade sagt att busskortet låg i hennes bakficka på jeansen som hon krängt av sig i den lilla soffan i deras rum.

Jag anade en klädhög i mörkret och hoppades att jag skulle slippa tända. Ville inte att My skulle vakna. Jag kände mig fram med händerna och insåg ganska snabbt att det låg någon i soffan.

Jag blinkade till med lampan och såg att det var Loves kompis Adam som låg där. Full som en alika. Han luktade aceton. Vad i hela fridens namn hade han druckit? Han hade bara kallingar på sig. Jag sprang ut till ytterdörren och öppnade och viskade så högt och irriterat som jag kunde

"-Varför ligger Adam naken på din soffa?"

Både Love och Klara brast ut i ett högt gapflabb. Love såg ut som om hon skulle kissa ner sig. Hur jävla roligt kunde det vara?

"-Lollo? Vad sysslar du med?"
"-Jag kommer".

Niklas hojtade återigen på mig. Jag rusade tillbaka in till Adam. Klädde på honom de närmsta kläderna i mörkret så gott jag kunde och ledde ut kallt honom till trappuppgången. Han var rejält berusad och stank som en alkis. Ryckte irriterat åt mig busskortet ur jeansen. My gnydde lite och vände sig om i sömnen. Plötsligt såg jag *sir Väs* framför mig en kort stund. Lämnade ungdomarna genom att smälla igen ytterdörren onödigt hårt. Sen snabbt in i sängkammaren igen bara för att upptäcka att jag fortfarande var naken och att Niklas snarkade högljutt.

Jag anade alltmer tydligt att Niklas inte passade mig. Han gick mig på nerverna. Han var bra på mycket men han var också orimlig som trodde att han kunde förändra mig totalt för att jag skulle matcha hans drömkvinna.

Det funkade inte så med mig längre. Han ville att jag skulle vara mer foglig och inte ha ett eget liv som konkurrerade med tiden. Han ville att jag skulle stå redo att vara hans parhäst när det gällde det sociala i livet, en scout som dessutom skulle vara välklädd och trevlig. Gick inte. Jag ville vakna med ett leende varje dag. Men vad fasen. Jag kunde kanske inte ge upp med en gång. Måste få det att fungera. Vad fasiken var det för fel på mig? Trodde att jag kunde regissera alla och en var? Peter hade kanske rätt? Jag var omöjlig!

Hade varit hemma hela helgen och bara slappat. Orkade inte vara på humör. Visste att de flesta tyckte att jag var som solen själv men jag orkade inte hålla skenet uppe. Det hade tagit på krafterna att erkänna att Niklas inte var rätt för mig. Både jobbigt att erkänna för mig själv och sen vara medveten om att andra skulle få veta också. Så van vid att hålla skenet uppe. Ett stort nederlag. Nästan i samma klass som skilsmässan. Eller inte. Anade bara var Peter skulle säga. Tack och lov hade jag inte presenterat honom för resten av familjen. Det var bara flickorna som hade träffat honom. Peter visste också. Tjejerna hade självklart berättat och han hade fått bekräftat av mig. Han hade inte sagt något men hans misstanke om att jag varit otrogen när vi var gifta fick ytterligare bensin på den nästan släckta elden. Såg det i hans ögon.

Jag fattade inte varför jag skulle gå på ytterligare en nit. Niklas var så fel för mig. Behövde vara ifred. Alice var på ridläger och Love skulle sova hos Peter som var bortrest. Inga nya fester inplanerade vad jag visste. Paula ville att vi skulle gå ut. Jag hade verkligen inte lust. Fattade inte hur hon orkade hålla igång kväll efter kväll.

Jag ägnade kvällen åt vård av något kantstött kvinna. Tappade upp ett varmt bad. Hade ingen badkula kvar så jag sprutade i lite duschkräm. Luktade gott. Bubblorna bubblade nästan över kanten. Jag tände ett par ljus i badrummet.

Ställde dem ihop med ett stort vinglas på toalettlocket. Satte på romantiska hits i bakgrunden. Ganska högt. Vattnet steg över kanten när jag gick i karet. Gjorde inget. Fallet var perfekt. Kanske ren tur. Köp en lott. Allt vatten rann snabbt ner i brunnen. Det var bara bubblorna som envist hängde sig kvar. Jag svepte nästan hela glaset på en gång. Undersökte mina bröst. Blundade. Lyssnade på musiken. Så bra. Fick tårar i ögonen. Hade det så bra. Livet var underbart. Säkert för kort för att hänga upp det på en enda man. Jag var lycklig även om jag hade velat ha det lite annorlunda. Låg i vattnet tills det började bli svalt. Torkade mig och smorde in mig med en fet kräm. Svepte in mig i morgonrocken. Fyllde på mitt tomma vinglas.

Satte mig i soffan med datorn i famnen. Surfade runt. Läste nyheterna. Insåg att jag hade det perfekt. Tittade på Blocket efter en stor fåtölj som jag var sugen på att köpa. En Loveseat. Fanns inte i det tyget som jag letade efter. Kollade in på dejtingsidan. Flera meddelanden.
Orkade inte öppna dem. Satte på teven i bakgrunden. Lite sällskap. Började slötitta på en engelsk serie. Fick ett nytt mejl som plingade till.

Från Mikael
Till Louise

Om du tänker på mig lite varje dag kanske det gnistrar till!
Man vet ju aldrig, det är inte alltid kärlek vid första ögonkastet...

Godnatt jord. Jag ger snart upp.

15

Hade planerat allt i minsta detalj hoppades jag. Var livrädd för vad Peter kunde ta sig till om jag lämnade några som helst luckor i min flyktplanering. Han fick absolut inte ana vad som var på gång förrän det var ett faktum. Fanns en stor överhängande risk att jag inte skulle våga genomföra uppbrottet då. Han hade bland annat hotat med att ta livet av sig flera gånger i vårt förhållande. Jag var allra mest rädd för att han skulle skrämma barnen på något sätt. Jag var egentligen inte rädd för att få en smäll till. Hade på något sätt vant mig vid att de kom då och då. Kunde nästan läsa honom som en öppen bok även om jag inte gillade vad jag läste. Allt var dock klart nu.

Nu fanns ingen riktig återvändo och det var precis ett sådant här tillfälle jag väntat på. I många år. Nya lilla lägenheten bokad sedan länge. Skintebo. Jag skulle få hyra den i andrahand till en början. Fanns kanske möjlighet att köpa den på riktigt sen när vi sålt vårt gemensamma hus. Barnen skulle kunna gå kvar i nuvarande skola och samma gamla dagis. Gångavstånd hem till Peter. Bra för barnen. Kanske bra för mig med när Peter väl accepterat att det var över. Att vi var över. Jag såg hoppfullt fram emot den dagen.

Allt hade gått över förväntan. Peter verkade göra en kraftansträngning för att inte sjunka för djupt. Kunde han ha väntat sig att jag skulle dra? På något sätt verkade det som om han tyckte att det var skönt. Luften gick nästan ur honom och det aggressiva var nästan borta.

Jag hade flyttat ut precis innan jul då jag inte kunde förmå mig att fira ytterligare en jul med honom. Skulle i och för sig inte få andrahandslägenheten förrän längre fram. Men nöden hade ingen lag. Klarade inte heller av att fira jul med mamma och pappa så barnen hade fått åka upp med tåget själva. De såg inte glada ut men jag tror på allvar att de var riktigt lyckliga. Innerst inne. Det behövde lite vanligt med mormor och morfar. De skulle få sova i mitt rum. Hade köpt tur och returbiljetter. De skulle komma tillbaka efter en vecka.

Jag gömde mig mer eller mindre hemma i mammas och pappas radhus. Ensam. Ingen annan förutom mamma och pappa visste vad som var på gång. Hade inte velat dela mina problem med någon annan. Ville inte dela det med mina föräldrar heller men hade inget val. Hade kanske ingen som var så nära. Trodde inte att Peter skulle komma efter mig. Lite stolthet hade han allt kvar. Otroligt nog. Aktade mig trots allt för att visa mig i något fönster för säkerhetsskull.

Vi hade avslutat med ett ljummet bråk där vi bestämde tillsammans att barnen skulle åka upp till fjällen. Julen var här oavsett vad vi hittade på.

194

Vi behövde prata innan vi bestämde hur vi skulle
fira vår jul. Jag körde in barnen till Centralstat-
ionen. De fick med sig fyra stora IKEA-påsar med
julklappar. Pappa skulle möta dem i Idre för att
hjälpa dem med packningen. Jag hjälpte dem
ombord på tåget. Gav dem varsin hundralapp till
fika och vinkade av dem. Inga tårar. De såg sam-
manbitna ut. Jag var det. Varsin kram. Vi hörs
ikväll. Sen klev jag av tåget. Såg mig omkring.
Smög han på mig? Såg ingen bekant.

Åkte inte hem igen. Peter trodde kanske att jag
skulle komma hem för att diskutera. Jag ringde
honom istället. Kändes mycket säkrare. Han kal-
lade mig en massa hemskheter som tyvärr inte
fick mig att höja på ögonbrynen. Jag kände mig
så stolt över mig själv och att jag äntligen hade
tagit steget. På riktigt. Jag sträckte upp ena ar-
men i en segergest när vi pratade. Han såg den
inte.

Nu var det värsta över. Resten skulle jag klara.
Jag hade på något sätt visat mina barn att vår
relation var fel. Man skulle inte stå ut med att
vara olycklig. Man skulle inte stå ut med att nå-
gon annan satte sig på en. Varken bokstavligt
eller ordagrant. Man skulle inte behöva vara rädd
i sitt eget hem. Så nöjd med mitt eget agerande.
Duktig flicka. Självklart skulle det inte bli lätt.
Speciellt inte ekonomiskt. Jag hade aldrig levt
själv.

Vi träffades ju redan när vi gick på gymnasiet.
Han hade gått i klassen över mig.

Olika inriktningar. Jag hade gått samhällsveten-
skaplig och han hade gått ekonomisk linje. Han
hade varit skolans främste idrottskille. Jag hade
ägnat mitt andra gymnasieår till att titta på när
han utövade den ena idrotten efter den andra.
När han tagit studenten hade jag nästan varit
vilse i skolan. Hade inga kompisar kvar. Peter
hade börjat på ett tillfälligt jobb och jag längtade
efter att vi skulle ses.

Samma år som jag tog studenten flyttade vi ihop.
Det var Peter som hade en egen lägenhet. På Vita
Fläcken. Han hade fått den av sin mormor.

Jag kom plötsligt på att jag aldrig bott själv i hela
mitt liv. Detta skulle bli första gången. Peter hade
alltid haft hand om ekonomin och jag hade aldrig
brytt mig. Nu var jag tvungen att börja bry mig.
För min och barnens skull. Jag hade aldrig jobbat
heltid utan bara hjälpt till i mataffärens kassa. Nu
skulle jag försöka ta steget och öppna en riktig
butik ihop med mina bästa kompisar. Peter skulle
dö när han fick reda på det. Han tjatade alltid om
att jag var totalt värdelös på ekonomi. Jag skulle
visa honom och andra som tvivlade att jag kunde
mer än de trodde. Jag hade velat vara med att
starta företag med Paula och Thomas för ett par
år sedan. Peter hade vägrat. Han trodde självfal-
let att jag hade något ihop det med Thomas. Han
hade aldrig gillat honom. Peter uppskattade inte
heller att jag umgicks med Paula. Han tyckte att
hon var för vulgär. Att hon skulle leda mig i för-
därvet. Locka mig till dåligheter. Skitsnack. Jag
ville verkligen det här och nu fanns det en sista

chans. Mina vänner hade redan startat upp företaget och var redo att ta in mig som delägare. Nu skulle företaget växa och öppna en fysisk affärslokal. Peter skulle inte få mig att missa denna chans.

Långt senare när jag pratade med Paula och Thomas så förstod jag att de också känt sig lite hotade av Peter. De hade aldrig varit bekväma med att gå bakom hans rygg som jag bett om för att ha en ärlig chans att fortsätta träffa dem.

Nu när allt var klart så hade jag en bubblig lycklig känsla i mitt bröst. Så stolt över mitt eget agerande. Bra jobbat. När jag satt på min gamla flicksäng, en fransk svart järnsäng med mässingsknoppar, på nyårsaftons eftermiddag med endast fyra värmeljus tända så bara log jag. Ingen hummer. Inga fyrverkerier. Ingen champagne. Bara jag och min lycka. På riktigt. Nu skulle det nya underbara livet börja. Ett fritt liv där jag inte skulle göra våld på mig och mina tankar. Ett liv där jag skulle våga prova nytt. Jag lovade mig själv att aldrig utsätta mig för fara, för nedvärderingar och för elaka människor. Nu skulle livet gå i rosa. Rosa moln överallt. Hela tiden.

Skilsmässopapprena var redan påskrivna av mig och inskickade. Firade med ett glas vin när väl genomfört. Jag hade inte gett dem till Peter. Kändes menlöst. Skilsmässan skulle ju gå igenom oavsett om han skrev på eller inte. Eftersom vi hade barn ihop så skulle det ändå ta ett tag innan skilsmässan gick igenom. Kändes helt ok.

Jag lovade mig själv att jag skulle fira ännu mer rejält när allt var klart. Ville fira redan nu. Att jag skickat in papperna var ett under. Skål. Att jag hade vågat. Underbart.

Mitt i allt underbara började jag bara att gråta. Tårarna gick inte att stoppa. Jag var så besviken att jag inte hade kunnat hålla ihop mitt äktenskap. Jag var verkligen helt värdelös. Kunde jag inte ens hålla ihop en familj. Jag skulle kanske bli av med vårdnaden av barnen som Peter sagt. Han sa att jag var alldeles för labil för att kunna klara av att ta hand om barnen själv. Fan ta honom. Jag skulle allt visa honom.

Jag hade gått en kurs via arbetsförmedlingen. Starta eget-kurs. Peter hade inte vetat vad jag gjorde. Jag hade sagt att det var en bokklubb med Paula och hon hade backat upp min historia. Jag hade lärt mig en massa saker som kunde vara bra att kunna i mitt nya liv. Jag hade skaffat ett eget bankkort och ett eget konto. Inte på samma bank som jag och Peter hade utan på en helt egen.

Kände mig vuxen för första gången. Mamma och pappa verkade vara stolta över mig. Jag hade tvingat dem att lyssna på mina planer. Jag hade berättat först när det inte fanns en chans att dra sig ur. Ville inte att de skulle övertala mig till att stanna hos Peter. Pappa sa att de skulle hjälpa mig ekonomiskt under den första tiden. Inget jag hade räknat med. Det blev till och med bättre än vad jag hade kunnat hoppas.

Min brorsa Anton hade fått våra föräldrars stuga i fjällen på pappret. Jag hade fått, eller skulle få efter skilsmässan, motsvarande pengar istället. Dessa pengar skulle jag behöva för att kunna gå in i företaget och för att kunna överleva första tiden innan jag kunde ta ut lön. Det kändes som det var givet att det var min tur att lyckas nu.

16

Jag hade precis ägnat hela förmiddagen till att läsa igenom all mejlväxling mellan mig och Alex. Jag blev nästan tokig. Var hittade jag alla idioter. Varför såg jag inte tecknen tidigare? Varför lät jag det gå så långt? Måste ha mer respekt för mig själv. Hittade ett gammalt mejl som gav mig ett leende. Jag var ganska påhittig ändå när jag skrev. Jag hade fått en cd med Gyllene Tiders senaste album av Alex på posten. Jag hade skickat ett mejl som svar:

Från Louise
Till Alex

Tack för den!
Tänkvärda rader som väckte en och annan tanke.
Finn fem fel?
Vet inte om det räcker.
Tuffa tider för en drömmare*, ja kan säkert vara så. Både för dig som ska fatta beslut och jag som väntar på beslutet.*
Något slags mirakel att jag är hos dig*.*
Fel!!! Du är inte här och det behövs inte ett mi-

rakel, det är bara upp till dig att bestämma var du ska tillbringa din tid. Det vet du.

Allt som jag vill ha är du. *Mmm, enkelt.*

Någon inom mig måste ha svar. *Känns som Per Gessle kan läsa mina tankar.*

När du blir stor lille vän. *Fel igen! Att både äta kakan och ha den kvar funkar inte. Det vet de flesta vuxna.*

Hela mitt liv har jag lagt i din hand. *Fel... Du kanske har chans att få mitt hjärta.*

Först trodde jag att du var Elvis. *Nu börjar det spåra ur. Generalfel.*

En ande som väntar på dig. *Ja just nu väntar jag. Hoppas inte i onödan.*

Någonstans tror jag att vi tillhör varann. *Där har vi haft samsyn ett bra tag. När ska polletten ramla ner?*

Har du nånsin sett en dröm gå förbi? *Hallå eller?*

Hon har ett hjärta utan hem. Hon verkar ensam och komplicerad. *Fel igen. Jag är enkel att förstå.*

Du är så speciell. *Du verkar tro att jag kan vänta hur länge som helst.*

Se en man bli en man av igår. *Ja det lutar åt att det blir så. Snart är det försent.*

Skicka inga skivor. Kom hit istället!

Ja, det hade inte varit några problem med självförtroendet där inte. Jag slängde mejlen och hoppades att han inte skulle höra av sig igen.

Vi hade påbörjat rean i butiken. Vi fick ett ryck
och bestämde oss för att rensa hela vårt lager. En
sådan massa skit som man samlade på sig.

Thomas hade gjort en fantastisk insats. Nu var
det bara säsongens fina varor på plats på lagret.
Allt annat hade han burit ut till hörnan som vi
avsatt till Fyndhörna under den kommande
veckan. Jag hade prissatt allt med nya fula röda
prislappar. Paula skulle dödat mig om hon hade
fått syn på dem. Tack och lov var hon på Mallorca
med en gammal flirt. Vår plan var att rean skulle
vara helt klar lagom till att hon var tillbaka igen.
Dagarna fylldes med massor av kunder. Både nya
och gamla. Kändes lyxigt att redan ha fått stam-
kunder. Kunder som litade på att vi fick in de
finaste varorna i Göteborg. Kunder som ville ha
vår hjälp med att inreda deras viktiga hem. Alla
ville göra ett bra fynd och de flesta köpte inte
bara en reavara utan även en eller ett par saker
till ordinarie pris också.

Sista lasset från Thailand hade verkligen varit en
succé. Vi hade utökat vår service till hembesök
också. Det var så himla roligt att hjälpa till att få
balans i olika hem. En del saknade bara pricken
över i. En del behövde totalrenovering av allt. Vi
samarbetade med tre olika hantverkare. En elekt-
riker som ofta fick uppdrag att gömma sladdar,
sätta fler uttag och byta till dimmer. En snickare
som hjälpte oss med att bygga elementskydd,
byta golvfoder och att sätta upp hyllor. Vi hade
även en målare i vårt hantverksstall. Han var
magisk.

Han kunde transformera det vi sa till en verklighet som matchade drömbilden som vi ofta såg. Skulle egentligen även velat ha en rörläggare då vi då och då ville flytta diskbänken från en sida till en annan, men det var svårt att hitta en som vi gillade.

Det var mest jag och Thomas som gjorde hembesök. Paulas huvuduppgift var att hitta leverantörer och samarbetspartners. Hon var den som nätverkade och såg till att vi fanns med på inredningskartan. Thomas var utbildad inredare. Det var inte jag men jag hade öga för uppdraget och det blev ofta riktigt bra. Ibland frågade jag Thomas om hjälp, vi samarbetade som om vi aldrig gjort annat. Han var så ödmjuk. Spelade aldrig på att han faktiskt hade papper på att han kunde sitt jobb. Han litade på mig och använde även mig som boll-plank ibland.

Konstigt att det inte blivit något mellan oss tidigare. Vi hade ju känt varandra i så många år. Vi hade tillbringat så många kvällar och helger ihop. Bara som kompisar. Hade kanske drömt om honom ensamma kvällar men aldrig vågat tro att det skulle bli vi två. Han var en riktig snygging. Kändes som om han var den vackraste jag visste. Hade trott att han spelade i en annan division än jag. Han gjorde mig så lycklig!

Vi var på väg upp till lägenheten på Skanstorget med stora steg. Hade stängt butiken ihop. Han hjälpte mig att öppna ytterdörren nere i foajén.

Gick tätt bakom mig uppför trapporna, höll mig mjukt runt midjan. Kändes gott. Vi hann knappt innanför tröskeln. Dubbelkollade att ingen var hemma med ett rop innan vi släppte hämningarna helt. Han öppnade mina byxor snabbt och drog ner dem till vristerna. Tryckte ner mig försiktigt på alla fyra. Han tryckte sig in i mig utan att klä av sig. Han hade till och med jackan kvar på. Han juckade in och ut och jag kom på några sekunder. Hade längtat intensivt efter honom hela dagen. Aldrig varit så kåt som jag var nu. Hade svårt att tänka på något annat.

"-Hetaste kvinnan i Göteborg?"
"-Mest nöjda iallafall!"

Vände mig om och tog av honom jackan. Gick ur mina byxor. Trosorna åkte med. Drog av mig blusen. Översta knappen hade lossnat. Öppnade behån som var ljust aprikos precis som trosorna. Han kysste mina bröst.

Hakade på säkerhetskedjan på dörren. Ingen lust att tjejerna skulle dyka upp oväntat. Pussade honom och drog med honom in till soffan. Han tappade alla kläderna på vägen dit. Han la ner mig på rygg. Han virade mina ben om sin rygg samtidigt som han stötte in i mig. Det värmde skönt både mellan benen och i hjärtat. Han ville verkligen ha mig. Han bet mig lätt i örsnibben och andades djupt. Herregud vad skön han var. Hans ögon var blanka och vi visste att vi hörde ihop. Det gick för mig igen utan att han rört mig med sina händer.

Precis när hjärtat lugnat ner sig efter sista or-
gasmen ökade han takten och fyllde mig med sin
säd. Efteråt låg han och tittade på mig och pus-
sade mig på halsen. Blåste, nafsade och kysste.

"-Vilken kvinna jag har fått tag i. Du är så skön."
"-Mmm. Jag bara njuter och har det så gott."

Jag duschade av mig, duschen var nästan lika
skön som mannen i min soffa. Skrubbade mig
torr med den nytvättade handduken. Gillade pej-
lingen som satte igång blodcirkulationen. När jag
var klar så gick jag ut i vardagsrummet igen. Han
var inte kvar. Hade han gått? Kläderna låg ut-
spridda på golvet mellan hallen och vardags-
rummet. Jag hörde en kork flyga i taket. Tittade
in i min lilla skrubb. Jungfrukammaren. Där låg
han som en prins med två glas i handen och en
flaska bubbel. Räckte mig ena glaset och sa skål.

Thomas bad mig berätta ännu en gång om elän-
desnatten då Niklas och hans dotter sovit över för
första och enda gången. Dagen efter hade Adam,
Loves kompis, ringt mig och bett så himla mycket
om ursäkt. Han hade berättat att han inte kom-
mit in på Sticky Fingers eftersom han druckit lite
för mycket. Han hade haft Loves nyckel i sin
jacka då hon saknade fickor på kvällens outfit.
Han hade bara tänkt vänta på henne där. Han
hade inte trott att jag skulle vara hemma. Sen
blev han trött och ville lägga sig en stund. Han
hade lovat att det aldrig skulle upprepas igen. Vi
skrattade gott.

Jag hade alltid gillat Thomas. Även om det hade börjat som en ren vänskap. Det var Paula som hade presenterat oss för varandra för flera år sedan. I början trodde jag faktiskt att han var bög. Visste inte varför men det var bara en känsla jag hade. Han och Paula hade jobbat ihop på en inredningsfirma tidigare. De smidde framtidsplaner på att starta något eget ihop. Jag drömde om att jag skulle kunna vara med på ett hörn. Thomas hade varit lite avvaktande de första åren. Nu efteråt hade han berättat att han var lite rädd för Peter som tydligt markerat att han inte gillade Thomas. När jag väl hade skilt mig så hade det blivit många långa kvällar tillsammans. Paula hade introducerat mig i Göteborgs krogliv och jag insåg snabbt att Thomas inte var bög. Han älskade kvinnor och de älskade honom tillbaka.

Hans look var helt grym. Trots att vi nästan var jämngamla så såg han ut som en väderbiten tonåring. Det var bara skateboarden eller surfingbrädan som saknades. Han hade inte presenterat en enda tjej för mig eller Paula under åren som gått men jag hade förstått att han passade på att ha dambesök varannan helg när han inte hade hand om sin underbara Tindra. Han hade varit svår att nå på lördag-och söndagmornar. Han erkände aldrig även om vi pikat honom gång på gång.

Första kyssen skedde på planet ner till Milano. Vi skulle ner på möbelmässan på egen hand. Paula ville inte åka med då hennes mamma var dålig. Hon stannade hemma för att ta hand om butiken när vi var borta och för att finnas där om hennes mamma skulle behöva henne. Det hade känts som om vi skulle ut på äventyr. Lite nervöst att sköta inköpen utan erfarna Paula. I sanningens namn hade hon skrivit en väldigt tydlig instruktion på vad vi skulle leta efter. Hon hade en tydlig plan. Som vanligt.

Vi beställde in varsitt glas vin så snart det var möjligt och skålade för vår blomstrande butik. Försökte ge varandra en kram men det var för trångt i planet och då blev det en puss istället. Pussen transformerades till en kyss i ett nafs. Vet inte hur det hade gått till.

Efteråt satt vi tysta och stirrade rakt fram båda två i sätet framför oss. Ingen av oss sa ett ord. Efter ett par tysta minutrar tog Thomas min hand, höll den resten av resan och det pirrade i min mage. Herregud. Kunde man bli blixtförälskad på det här sättet? Han var ju perfekt. Det hade jag ju sett hela tiden. Var han intresserad av mig på riktigt?

Inköpen hade gått bra men om jag skulle sammanfatta resan så var det en blandning av lyckorus och orgie. Visst. Vi gick på mässan och vi träffade både nya och gamla leverantörer. Men vi såg inte Milano. Vi åt ingen speciell mat. Vi umgicks inte med de andra som hade samlats för mässan. Vi sprang så snabbt vi kunde tillbaka till vårt hotell. Njöt av varje stund som om känslan var till låns. Vädret var perfekt. Vi hade haft tur. Vi hade haft sol varje dag.

Vi lyckades trots vårt tvivel att med gemensam förmåga göra ett stort inköp. Vinstmarginalen såg ut att bli ännu bättre än sist. Vi var säkra på att Paula skulle bli riktigt stolt över oss. Våra inköp blev klara redan efter två dagar.

Vi hade fått nästan tre heldagar med fritid. Vi bodde på ett fantastiskt hotell. Vi gillade verkligen varandras sällskap. Vi åt frukost ihop i solen. Promenerade genom stan. Läste varandras böcker. Vi beställde lunch till varandra varannan dag och sen sov vi middag en stund.

Första kvällen sov vi i varsitt hotellrum. Det var först på andra kvällen som vi suttit på en restaurang och stärkt oss med varsin färggrann drink efter middagen som vi vågade bejaka lusten. Kyssen i planet hade nog förvånat om inte chockat oss båda. Det hade verkat som om vi både behövt några timmar att tänka ut för- och nackdelar. Vilka konsekvenser kunde detta leda till?

Vi gick hand i hand och Thomas bjöd in mig till hans rum. Han tände flera små ljus i rummet. Det enda som hördes var trafiken utanför hotellet. Han tog min blick, tittade mig djupt i ögonen och knöt upp knutarna så min lösa klänning föll till golvet. Han kysste mig så ömt. Jag slöt ögonen och lät mig njuta fullt ut av stunden. Han la sig ner på rygg och jag satte mig grensle över hans kropp. Vi var brunbrända och fina i ljusskenet. Hans ögon var djupa och det kändes som om jag äntligen hittat hem. Nynnade på Lisa Nilssons *Himlen runt hörnet* inne i huvudet och var så lycklig. Som en dröm.

Paula låtsades nonchalant som om hon var ytterst förvånad när vi berättade om att vi var förälskade.

Hon varnade oss över fikan i butiken. Kunde bli problem med att både jobba ihop och vara kära. Hon ville att vi skulle vara proffsiga på jobbet. Vi lovade. Hon var tydlig med att hon inte skulle ha någon pardon ifall hon inte tyckte att det funkade. Vi nickade förstående. Redan efter ett par månader så hyrde Thomas ut sin trea på Nordostpassagen i andra hand. Han och lilla Tindra flyttade hem till oss på Skanstorget. Varannan vecka när Tindra var hos oss var det riktigt trångt men det gick förvånansvärt bra. Hon hade fått ett litet hörn under Alice säng.

Alice hade skjutit undan sitt skrivbord och verkade vara nöjd med det. Jag slogs ständigt av att det kändes som om vi varit ihop hela mitt liv. Så självklart. Ibland bara skakade jag på huvudet. Kunde inte förstå att man kunde vara så lycklig. Varje dag. Jämt. Thomas var den snällaste jag mött. Tänk vad allt blivit annorlunda om jag träffat honom när jag var ung. Tänk om han varit pappa till mina barn. Helt olika liv. Jag var så tacksam att jag hade honom i mitt liv. Bättre sent än aldrig.

Både Alice och Love tog det med stor ro att Thomas skulle bo hos oss nu. De var redan vana vid att han hängde hos oss emellanåt. Han var mer som en kompis. Jag tror att Love tyckte att han var snygg.

Hon hade gissat att han var mycket yngre än vad han var. Alice älskade att ha en låtsaslillasyster. Hon satt gärna barnvakt när vi gick på bio eller ut för att äta. Det kändes som om vi hörde ihop. På riktigt. För första gången i mitt liv så kändes det hundratio procent rätt. Det fanns någon för alla och Thomas var min. Dagarna var underbara. Kvällarna likaså. Nätterna var våra. Vardag och helg. Vi tog ledigt mitt i veckan. Minisemester här. Afterwork där. Långpromenader i Slottskogen.

Planerade att köpa en husbil tillsammans för att kunna åka ut och umgås både i och utanför Sverige. Min lilla familj hade blivit riktig och stor. Vi åt middag tillsammans nästan varje dag. Tjejerna trivdes bra ihop och tiden rusade iväg. Love hade börjat övningsköra. Thomas hade gått en handledarkurs för att kunna hjälpa till. Vilken man.

Butiken blomstrade och samarbetet med Paula funkade som vanligt perfekt. Hennes lilla mamma hade gått bort men hon tog bara en vecka på Mallorca och sen var hon back in business igen. Hon hade kanske inte haft den bästa relationen med sin mamma. Men när allt kom omkring så var ändå mamma just mamma. Jag försökte komma ihåg att bjuda med Paula på våra stora familjemiddagar. Trodde att hon kanske kände sig ensam. Hon dök upp ibland. Berättade de tokigaste historierna som gjorde mig lugn. Hon var precis som vanligt igen. Jag älskade vanligt nu för tiden. Så himla tacksam för mitt liv. Vi åkte på vår första utlandssemester ihop.

Jag och Thomas. Love, Alice och lilla Tindra. Tjejligan och Thomas. Vi åkte över nyår. Kanarieöarna. Tjejerna älskade stället vi kom till. Det var ett ställe som varken jag eller Thomas hade varit på innan. Vi hade fått leta ett tag eftersom Thomas varit runt ganska mycket. Han berättade inte med vem och jag ville inte verka för tjatig och irriterande nyfiken. Men vi hittade denna Kanarieö som vi skulle upptäcka tillsammans.

Hotellet låg som sista huset på strandpromenaden. Ett stort hotellkomplex med allt vad tjejerna kunde önska sig. Vi promenerade ett par timmar varje dag för att hitta nya stränder och naturupplevelser.

Vi upptäckte också nya sidor hos varandra gång på gång. Det pumpades ut musik ur stora högtalare kring poolområdet. Alla samlades för eftermiddagsdrink tillsammans. Det var en musikquiz som vi tydligen måste vara med på. Thomas och Love var experter och vann nästan varje omgång. De andra hotellgästerna såg irriterade ut efter första eftermiddagen. Jag var bara stolt över min lilla familj.

Vi låg båda på rygg med händerna knäppta i varandras. Ena benet var inlindat i hans varma håriga ben. Jag var solbränd och mitt hår var vått av svett. Luktade sött i rummet. Älskade att älska. Älskade min man. Han var på riktigt. Det kändes som om vi var meningen. Tjejerna hade ett eget rum mittemot vårt. Så smart. Dags för en bussutflykt.

Inte någon av oss gillade upplägget men det var
ändå det som var mest lockande i utbudet. Vi
ville göra något aktivt utanför hotellkomplexet en
kväll. Jag ville helst ha dans och här fick vi näst-
an allt det vi önskade även om det tyvärr ingick
en bussresa. Vi fick sitta rätt så länge på bussen
då chauffören skulle plocka upp diverse folk från
olika delar av ön på vägen.

Jag överdriver inte om jag tror att det tog drygt
en timma att få med alla på bussen. Vi hade roligt
ändå. Vi nynnade på olika signaturmelodier från
teveprogram och gissade laget runt. Thomas hade
varit smart och tagit med vatten och en påse nöt-
ter. Gick ingen nöd på oss. Vi kom fram till re-
staurangen som skulle erbjuda en kanarisk afton.
En usel show med sjungande servitörer fick oss
att längta hem till vår fina balkong och ett parti
Yatzy. Vi fick i alla fall ett gott skratt, mat i ma-
gen och sen passade vi på att dansa lite på vårt
rum innan lusten tog över igen.

17

Skintebohemmet var lite rörig men ändå fint efter en slappelördag i soffan med film efter film. Poppade popcorn och kokade slutligen lite värmande te. Barnen var med mamma och pappa uppe i Stockholm. De skulle visa alla barnbarnen huvudstaden och skulle inte vara tillbaka på västkusten förrän på söndagskvällen.

Lägenheten var tyst. Ljuset hade brunnit ut och det såg ledsamt ensamt ut. Jag satt bara och stirrade framför mig i mörkret och det var som om jag kände på mig att något skulle hända. Jag hörde en bil sladda in på uppfarten till området och att någon smällde upp grinden. Stegen kom allt närmre och det var som uppgjort på förhand. Det bankade på min dörr. Fanns ingen ringklocka som fungerade. Det var någon unge som hade sparkat bort den från dörrkarmen.

Jag satt helt stilla. Hoppades en sekund att bankandet skulle sluta av sig själv men visste att det inte skulle bli så. Dörren protesterade av allt tryck och jag reste mig sakta uppgivet från min position. Gick de få stegen i hallkorridoren för att låsa upp dörren. Jag skulle kunna ha satt alla pengar i världen på att det var Peter utanför dörren. Så rätt. Grattis. Du har vunnit.

"-Hur fan tänker du?"

Han spottade ut orden. Man kunde tydligt höra
att han var uppvuxen i Göteborgs förorter. Peter
varken kunde eller ville dölja att han var förban-
nad. Över vad visste jag inte ännu. Jag var inte
det minsta nyfiken. Visste att jag skulle bli varse
inom kort.

"-Vad menar du?"

Jag försökte se lugn ut. Det kanske var ett miss-
förstånd? Jag log försiktigt även om det inte
nådde ända upp till mina vaksamma ögon.

"-Ibland har jag bara lust att drämma till dig allt
vad jag har".

Hans ansiktsfärg blev allt rödare. Jag backade
några steg i hallen. Kände mig inträngd och ville
veta att jag hade en reträttväg vid behov. Jag
hade erfarenhet av att vara instängd mot min
vilja med just denne man. Aldrig mer. Han
tryckte mig in i hallen så jag nästan trillade om-
kull. Smällde igen ytterdörren. Grannarna skulle
slippa även denna diskussion.

"-Sätt dej ner".

Jag tog ännu ett steg bakåt och satte mig på bän-
ken i hallen. Han drog upp mig in i köket och
tryckte ner mig på en kökspall. Kändes som om
jag var en trasdocka. Han hade inte varit här tidi-
gare. Inne i mitt nya hem.

Bara då han varit nykter och skulle lämna tjejerna. Nu stank han av alkohol. Jag började bli rädd på riktigt. Var det inte över?

”-Jag sitter. Ta det lugnt. Vi pratar ju bara.”

Jag försökte få honom att sätta sig ner. Han satte sig på andra sidan köksbordet. Reste sig upp. Öppnade mitt kylskåp. Kollade in. Hittade inget av intresse och satte sig igen. Jag försökte göra upp en plan ifall jag måste härifrån snabbast möjliga. Om jag fick bråttom skulle jag kunna svinga benen över pallen jag satt på. Ta två steg och sen vara ute i loftgången. Tror inte att han skulle hinna ikapp mig.

Han hade druckit alldeles för många öl de senaste åren för att kunna använda sin något bättre grundfysik som fördel gentemot mig. Om han inte lugnade ner sig så skulle jag ta klivet och då skulle hela mötet vara avslutat.

Emellanåt tappade jag respekten för mig själv när jag slogs av minnet att ha levt med denna man i många år. Varför hade jag valt honom? Hade han varit lika korkad hela tiden som jag känt honom? Jag blinkade bort för-nedringen och försökte fokusera på uppgiften.

"-Du, jag har pratat med alla våra grannar och jag vet precis hur du är. Du skulle bara veta vad folk egentligen tycker om dig. Katastrof. Jag har aldrig varit med om nå-got liknande. Du har ljugit för mig och gått bakom min rygg.

Nu har jag bestämt att vi gör detta på mitt sätt.
Du ska passa dig jäkligt noga".

Peter var högröd i ansiktet med ett obehagligt
hånflin över munnen. Stackars människa som
inte hade något annat att tänka på. Så jävla en-
kelspårig. Han hade fortfarande inte kommit
över att jag hade velat skiljas. Trots att det var
längesen jag flyttade.

Skilsmässan hade redan gått igenom. Hans kvin-
nor hade varit många och våra tjejer hade vant
sig vid varannan vecka. Peter snart fyrtio kunde
inte acceptera faktum. Nu ville han att pappa
skulle lämna tillbaka en gammal tjock-tv som
han tagit från vårt släp som skulle till soptippen.
Självklart skulle jag fixa det. Idiot. Diskussionen
höll på en lång stund och jag visste att jag bara
hade valet att stå ut. Fanns inga andra alternativ.

Han skulle sluta tjata när han blev trött. Jag för-
sökte bara parera ämnena som dök upp för att
inte utlösa mer aggression. Vi satt kvar kring
köksbordet. Jag tyst och Peter malandes och
emellanåt bankandes i bordet för att understryka
hur mycket han menade det han sa. Utanför
köksfönstret kunde jag se blåljus i vitögat. Strax
därefter knackade det på min dörr igen.

"-Vem fan kommer så här sent? Väntar du besök
din jävla hora?”

Jag skakade på huvudet och gick för att öppna.
Det var en polisuniformerad man som undrade
om allt var okej. Grannarna hade ringt och klagat
på oväsen. Jag skakade återigen snabbt på huvu-
det och sa att allt var bra hemma hos mig. Jag
hade inte hört något konstigt. När polisbilen
lämnat rondellen utanför huset reste sig Peter
och stirrade mig i ögonen.

"-Skärp till dig för fan".

Han gick iväg, lämnade dörren på vid gavel. Jag
stängde. Låste. Släckte i köket och gick in till min
säng. La mig och skrek så högt jag kunde, gång
på gång, rätt in i kudden. Det hjälpte lite.

18

Så otroligt förnedrande det kändes. Mitt hjärta bultade frenetiskt. Jag kunde nästan inte trampa. Min cykel krängde fram och tillbaka över den våta vägen. Min sambo var på grabbkväll. Jag litade inte på honom. Han visste att jag inte litade på honom. Jag hade all anledning till att vara orolig. Han hade gjort bort sig vid något tillfälle innan och jag var på min vakt. Jag skämdes å hans vägnar även om han inte var medveten om faktum. Han visste inte att jag visste. Jag kunde inte berätta att jag visste vad han gjort för då skulle han veta han att jag hade bevakat honom. Över tid. Lång tid. Pinsamt för mig. Skämdes över mitt eget beteende. Ruttet. Det hade börjat redan förra veckan när han berättade att han skulle ut med sina gamla lumpenkompisar. Jag försökte låta normal. Glad för hans skull.

”-Jaha, vart ska ni då?”

Han visste inte men trodde att det skulle bli på Palace. Trodde? Hur svårt kunde det vara? Antingen så var det väl där eller inte? Varför kunde inte en rak fråga få ett rakt svar?

Min käre sambo klädde upp sig lite mer än vanligt och jag försökte ligga kvar ointresserat i soffan och kolla på *Bonde söker fru* på teve. Irriterade mig vansinnigt att han tog på sig den nya kostymen som jag köpt till honom.

Praktiskt taget min. Kaxigt kritstrecksrandig i svart och svagt benvitt. Nya fina näsduken i fickan på kavajen. Den han fått i födelsedagspresent av tjejerna. Fan. Han struttade runt och frågade om han var fin och om jag var stolt över honom. Själv låg jag osminkad i soffan och hade ätit lite för mycket till middagen. Proppmätt. Önskade att jag klätt upp mig lite. Nu låg jag där, förmodligen ganska osmaklig, i mina favoritmysbyxor.

Jag ansträngde mig verkligen för att tänka på annat. Jag sorterade hela städskåpet. Alla skruvar i en burk. All spik i en annan. Slängde en hel papperskasse full men onödiga prylar. Alla sladdar fick en knut på sig och dessa hängde jag upp på en ny krok som jag spikade upp. Jag försökte att inte tänka på honom när jag slog in spiken. Hårt.

Varför blev jag så här? Jag borde inte bete mig på detta lumpna sätt. Skäms. Skampåle på dig. Jag satte mig framför teven för att slötitta. Nu blev väl ändå klockan för mycket? Inte ett samtal. Inte en enda signal. Nu fick det räcka. Jag tänkte inte sitta här och bli bedragen. Jag var ju inte korkad. Jag slängde på mig jackan, missade handskarna och tog cykeln som var parkerad utanför huset. Jag cyklade allt vad jag orkade ner mot Palace. Ingen tanke på väglaget. Helt fokuserad på uppgiften. Ingen skulle lura mig. Helt stängt.

Mötte en ur personalen när jag pressade mig mot
fönstret för att kika in. Kände mig korkad. Frös
som bara den. Hade jag tappat handskarna? Tje-
jen som precis slutat jobba frågade om jag hade
glömt något. Jag skakade på huvudet. Jag hop-
pade upp på cykel igen för att hitta Thomas,
mannen som fått hela mitt sårbara hjärta. Var
kunde han vara? Cyklade omkring helt planlöst.
Kollade Lou Lou på Magasinsgatan. Kollade flera
ställen på Vasagatan. Gav alla krogar som jag
kunde komma på en chans. Alla var nästintill lika
ödsliga. Var fan var han? Visste att det var något
på gång. Min telefon ringde i fickan.

”-Hallå!”

Det var Thomas. Han undrade var jag var. Han
var redan hemma. Så otroligt förnedrande det
kändes. Mitt hjärta pulserade kraftigt. Jag kunde
nästan inte trampa. Min cykel var svårmanövre-
rad. Visste inte hur jag skulle kunna förklara att
jag var ute och cyklade på småtimmarna. Vad
skulle jag säga för att inte sjunka lägre än ho-
nom?

Veckorna försvann snabbt. Vardagen tog över
som den oftast gjorde. Vi hade fullt upp med alla
barn, övningskörning, inköp av mat och kläder,
jobb, matlagning och planerande av nästa semes-
ter. Love hade börjat jobba extra i butiken så vi
kunde vara lediga tillsammans när vi ville. Tho-
mas renoverade vår lilla jungfrukammare. Vi fick
in fler hyllor som vi behövde för förvaring.

Jag tog Tindra med till romerska badet på Valhalla ihop med de andra tjejerna. Vi bjöd hem vänner på middag och gick på bio emellanåt.

Vår nya familj kändes så självklar. Thomas var smidig med de stora barnen och jag var glad att vi fått en liten solstråle i form av Tindra. Helt plötsligt ville tjejerna helst vara hos oss och vi hade många härliga familjemiddagar med efterföljande spel. Vi spelade allt från Yatzy till Beredskapsvist beroende på om lilltjejen var med eller inte.

Jag var förvånad över att vi aldrig hade något tjafs. Vi var alltid vänner. Kunde man ha det så här bra? Stämningen smittade av sig på barnen. Love hade med sina kompisar hem, de tyckte att Thomas var cool och att var jag rätt ok. Många brödlimpor var det som försvann ner i hennes kompisar. Thomas kommenterade aldrig matkontot som vi delade på rätt av. Inte ett ord.

Nästnästa vecka skulle vi börja på en salsakurs tillsammans. Äntligen. Skulle bli så skoj. Varje torsdagskväll i tio veckor. Skulle avslutas med en stor fest. Vi hade bokat in kvällen i almanackan. Såg fram emot detta.

Nu på lördag skulle kusinerna komma hem på middag. Anton gillade Thomas och ville kanske ha hans hjälp med att renovera uppe i Grövelsjön. Professionell hjälp som han kallade det i motsats till mina inredningstips som han inte gav mycket för såklart. Jag lät honom hållas.

Ingen idé att dra igång en diskussion som man inte kunde vinna.

Åsa berättade att hon bytt jobb. Hon hade jobbat på samma företag i snart tio år. Hon hade klättrat och gjort karriär. Jag var så glad för hennes skull. Hon var så himla gullig. Deras barn rev nästan vår lägenhet och det var så obeskrivligt skönt när de gick hem igen. Nästa gång skulle vi vara hemma hos dem. De hade precis flyttat till Onsala och det skulle bli skoj att se deras nya hus. Skulle kanske bjuda ut Åsa på en lunch innan dess. Kul att babbla med henne. Hon var så mycket roligare när inte min bror var i närheten. Honom saknade jag inte det minsta. Höll kontakten mest för barnens skull. Viktigt att ha en släkt. Sen ville vi ju fortsätta att fira jul uppe i Grövelsjön. Huset var ju brorsans nu även om allt hade fort-satt att funka som innan.

Thomas mobil vibrerade högljutt. Natten var tyst för övrigt. Vibrationerna rubbade lugnet i hela rummet. Han reagerade inte nämnvärt.

"-Du fick ett sms."
"-Ja jag vet, läser det imorgon."

Imorgon? Jag bad honom kolla det nu. Kunde ju vara något viktigt. Kanske något som hänt med Tindra? Han sträckte sig ner till golvet och plock-ade upp mobilen. Tittade på den och la ner den igen.

"-Nej det var inget nummer jag kände igen" sa
han.

Hans röst lät annorlunda. Hård på något sätt.
Nästan som om han höll andan.

"-Men lyssna av meddelandet. Tänk om det är
akut och någon bara har lånat en telefon?"

Thomas stönade till och tog upp telefonen igen.
Slog kortnumret för att lyssna på meddelandet.
Kvinnorösten ekade i sovrummet. Han tryckte av
telefonen mitt i meddelandet. La ner telefonen på
golvet igen. La sig helt stilla. Andades inte.

"-Vem var det?" undrade jag.
"-Jag vet inte"
"-Vet inte?"
"-Någon som ringt fel"

Med ens blev jag klarvaken. Det var inte orden
han sa utan sättet han sa dem på. Han ljuger ju
för mig. Han lät superstressad och hans röst var
förvrängd.

"-Vet inte?" frågade jag igen.
"-Nej, jag vet inte" viskade han igen.

Mina ögon fylldes av tårar. Vad var detta nu?
Ljög han för mig? Vad dolde han och varför?
Hade han någon annan? Fan ta honom! Rummet
var helt stilla. Varken han eller jag andades.
Trodde att han försökte somna.

Jag höll på att bli tokig. Trodde han att jag var
dum eller? Visste inte. Sådant skitsnack!

"-Du ljuger för mig" sa jag sakta.
"-Nej det gör jag inte"
"-Jag vet att du ljuger för mig" upprepade jag.
"-Vadå?"
"-Sluta nu om du har någon respekt för mig.
Sluta"
"-Vad menar du?"
"Jag hörde att hon som lämnade meddelandet
kallade dig för ditt namn. Menar du att du fortfa-
rande inte vet vem hon är?"
"-Ja" stönade han och drog efter andan.
"-Jag vet vem det är men det är ingen viktig."
"-För mig är det viktigt!" sa jag med förvånans-
värt stadig röst.
"-Vem var det?"

Jag höll andan och stängde ögonen i mörkret.
Snälla gode Gud låt det finnas en rimlig förkla-
ring.

"-Det är kvinna jag hade ett förhållande med för
länge sen. Hon ringer ibland. Jag har berättat om
dig och att vi är sambos. Men hon ringer ändå."
"-Ok. Varför sa du inte det med en gång?"
"-Jag vet inte. Jag blev så ställd."
"-Ställd? Att jag var hemma? Vad hade du gjort
om jag var någon annanstans? Pratat med
henne?"
"-Absolut inte. Hon och jag har inget ihop."
"-Hur ofta ringer hon då?"
"-Fem sex gånger sen du och jag blev ihop."

"-När var senaste gången?"
"-Jättelängesen, det var därför jag blev ställd.
Trodde att hon slutat att ringa."

Det kändes som om han ljög. Han lät inte som
vanligt utan mer ansträngd. Varför blev det så
här? Drogs skiten till mig? Jag vände mig om och
la mig på sidan. Han ljög. Historien gick inte
ihop. Vad fan ljög han för? Varför? Vad ville han
dölja?

"-Vi flyttade ihop för ett halvår sedan. Har hon
ringt sen dess?" frågade jag med ryggen mot ho-
nom.
"-Nej, det var säkert åtta månader sen hon ringde
senast."
"-Du sa ju att du berättat att vi var sambos?" sa
jag samtidigt som jag satte mig upp.
"-Nej det sa jag inte"
"-Skojar du med mig nu?". Jag stirrade på honom
i mörkret.
"-Nej"
"-Berätta om ert förhållande nu så jag förstår.
Snälla Thomas"

Jag ville bara glömma hela historien och aldrig
höra den igen. Jag tände lampan och satte mig
upp i sängen.

"-Jag har aldrig träffat henne"
"-Sluta nu. Du sa ju att ni haft ett förhållande"
"-Har jag aldrig sagt. Vi har bara haft en mejl-
konversation och sen snackat lite i telefonen.
Aldrig träffats i verkligheten.

Hon verkade konstig så jag ville inte träffa henne.
Hon var mer intresserad än jag."
"-När var detta?"
"-Långt innan vi träffades"
"-Har du aldrig träffat henne?"
"-Nej jag lovar”
"-Vad heter hon?"
"-Vet inte"
"-Vet inte? Skoja inte med mig"
"-Jag kommer inte ihåg. Hon är ingen viktig
Lollo. Jag lovar"
"Egentligen vill jag att du ringer upp henne när
jag hör och säger till henne att aldrig ringa dig
igen" hör jag mig själv säga.
"-Ok, jag ringer henne imorgon. Ok?"

Vi somnade efter ett bra tag. Tagna av stundens
allvar båda två. Han förmodligen för att blivit
påkommen och jag för att blivit tagen på sängen.

"-Nu ringer jag henne" sa han bestämt morgonen
efter.

Jag nickade. Han ringde upp numret som hon
ringde från igår. Hon utan namn.

"-Hej, du ringde mig sent igår kväll. Jag vill att
du slutar med det. Man blir orolig förstår du väl?
Det kunde ju ha hänt något med familjen."
"-Jag hör vad du säger.”
"-Låt bli mig.”
"-Ha ett bra liv.”

Han la ifrån sig mobilen och tog ett djupt andetag.

"-Så, nu har jag ringt henne. Du får hennes nummer så du vet."
"-Jag vill inte ha det."
"-Ja, du får det ändå så du vet om hon ringer igen."
"-Jag kollar inte din telefon. Jag vill ha en man jag kan lita på."
"-Du kan lita på mig!"
"-Nej, tyvärr inte."
"-Jo."

Jag gick in på hitta.se senare när jag var själv. Numret gick till en Malin Ivarsson. Hon bodde också på Nordostpassagen där Thomas hade bott innan han flyttat in till mig. Jag satt helt handlingsförlamad i sängen. Visste inte om jag skulle gråta eller skrika. Kunde inte tänka. Thomas hade bara gått ner till bageriet för att köpa färska frallor till frukosten. Tack och lov var flickorna inte hemma. Hade aldrig kunnat hålla god min inför dem. Jag litade inte på honom längre. Han hade gjort flera konstiga saker som inte kändes bra.

Helt plötsligt fick jag en gnutta förståelse för Peter och hans svartsjuka. Svårt att styra. Jag hade ju aldrig gjort Peter något men ändå kände han en extrem svartsjuka. Thomas var tagen på bar gärning. Fast han visste inte om det ännu.

Helt plötsligt fick jag kraft och kände mig kniv-
skarp i tanken. Han hade lämnat kvar sin mobil i
lägenheten. Jag kunde koden som han upprepat
gång på gång till Tindra som ville spela på hans
telefon. Öppnade upp den. Bläddrade bland
smsen. Tog min telefon och fotade snabbt smsen
jag hittat i hans telefon. Fotade även samtalslis-
tan. Många samtal till en Fanny. Det smällde i
den stora tunga ytterdörren och Thomas gick in i
köket. Han visslade som om inget hade hänt. Jag
satt inne på toa. Hade låst in mig. Hade med
hans mobil in på toan. Den var som ett uppslags-
verk. Den ihop med Google var magiskt. Jag
googlade både nummer och namn som jag hittat.
Vem fan var denna Fanny Olsson. Smsen gick
inte att förklara bort hur gärna jag än ville.

Från Fanny
Till Thomas

*Samma här! Tack för en fantastisk kväll. Saknar
dig redan! Kram//Fanny*

Från Thomas
Till Fanny

Har fjärilar i magen. Kör gärna en repris! //
Thomas

Tidigare sms såg kanske mindre farliga ut...

Från Fanny
Till Thomas

Jag är framme. Ses snart!//Fanny

"-Frukosten är färdig!" ropade Thomas från kö-
ket.

Tittade mig i spegeln. Nästan vit i ansiktet. Gick
ut och la försiktigt tillbaka telefonen där jag tagit
den från hans nattduksbord. Satte mig tyst vid
köksbordet. Thomas hade tänt ljus, skurit upp
frallorna och tagit fram den nya osten. Nypressad
apelsinjuice och det såg ut som något mer på
gång i ugnen. Luktade säkert gott.

Jag kunde bara tänka på mitt hjärta som dunkade högt i mina öron.

"-Vad är det?" frågade Thomas oroligt.
"-Vem är Fanny?" fick jag ur mig.
"-Vem då?" sa han lite för snabbt och tyst.
"-Vem är Fanny?" upprepade jag med tårar i ögonen. Fan också.

Thomas blev rödflammig i ansiktet och ner på halsen. Aldrig sett honom sådan förut. Han var alltid snygg men nu såg han ut som en litet påkommen pojk.

"-Bara en kund som ville ha hjälp med inredning, därför fick jag hennes visitkort." sa han.

Han trodde alltså att jag hittat ett visitkort. Lögnare.

"-När träffade du henne?"
"-Hon var inne i butiken häromdagen.”

Han flackade med blicken och sträckte fram brödkorgen till mig. Jag tog inget. Vem fan kunde äta nu? Thomas bredde två mackor till sig själv. Drack juicen i ett par stora klunkar.

"-Ingenting har hänt. Varför är du så konstig?" försökte han säga lite lättsamt.
"-Hur många gånger har du träffat henne?"

"-Men sluta nu, jag har bara träffat henne en gång i butiken. Skärp dig nu Lollo!" log han åt mig.

Han försökte få mig att känna mig dum. Idiot!

"-Vad var det du ville ha en repris på?" spottade jag ur mig.

Visste att jag avslöjade att jag tittat i hans telefon men jag kunde inte ha det osagt. Han tittade mig i ögonen och jag såg att hans ögon var helt tår-fyllda. Ville krama om honom men kunde inte. Det var han som var den elake.

Det var synd om mig!

"-Jag har inte gjort något" sa han tyst igen.

Jag bara skakade på huvudet. Hela min kropp reagerade och det kändes som om jag frös. Ska-kade från mitt innersta. Han såg så skyldig ut som någon kunde göra.

"-Jag har inte gjort något" upprepade han som ett mantra för sig själv.

Han började också skaka på huvudet och tittade ner i sitt eget knä. Mackorna förblev orörda. Efter ett bra tag när tårarna verkade ta paus så kunde jag ställa några av frågorna jag ville ha svar på.

”-Snälla. Berätta för mig så jag förstår. Vad var det du vill ha repris på?”

Jag försökte vara vuxen och reda ut vårt missförstånd. Det måste ju vara ett missförstånd. Vi som hade det så bra. Vi hade det ju helt underbart och jag hade aldrig varit så lycklig som nu.

"-Jag fattar inte vad du menar. Jag vill inte ha någon repris..." han fortsatte att skaka på huvudet.

Jag reste mig från köksstolen och hämtade hans mobil från sovrummet. Öppnade upp smsen och visade konversationen. Han tittade inte upp utan tog bara mobilen och stirrade på texten. Förblev tyst. Jag upprepade min fråga. Tårarna började rinna igen.

Vi satt där tillsammans men ändå var för sig under tystnad i flera minuter. Han gick in i badrummet och det lät som om han tvättade av sig i handfatet. Kom ut efter en stund. Tog mig i handen och vi satte oss i sängen. Han kramade om mig. En stor varm kram som aldrig ville ta slut. Han tröstade mig som om jag hade ramlat och slagit mig som en liten flicka. Kändes gott men jag vågade inte lita på honom. Jag visste ju vad jag läst.

Vem var Fanny och vad hade de gjort? Thomas bedyrade att han inte gjort något. Hon var bara en kund som ville ha hjälp med sin inredning. Ja, han hade träffat henne ett par gånger men det var bara jobb. Han mindes inte vad reprisen skulle vara för något. Kunde inte ha varit något allvarligt.

Han la huvudet på sned och tittade mig i ögonen.
Han lovade att han älskade mig över allt annat.
Jag behövde inte vara orolig. Absolut inte. Han
lovade att inte ha någon som helst kontakt med
henne igen.

Förmodligen var det så att hon var lite intresse-
rad av Thomas men som sagt, han var helt oin-
tresserad. Skulle hon höra av sig så skulle Tho-
mas berätta det direkt. Tummis. Jag ville så
gärna tro honom. Snälla låt det vara sant. Dålig
förklaring, ja. Men låt det vara sant i alla fall. Jag
älskade ju honom.

Kunde inte låta bli. Måste kolla hans telefon igen.
Sjukligt. Jag vet. Men ändå. Skämdes över mig
själv men ville få det bekräftat att han inte haft
kontakt med henne. Inget lätt uppdrag. Han hade
blivit expert på att ta med sig telefonen vart han
är gick. Till och med in på toa. Eller var det jag
som överdrev? Kändes som om han har med den
överallt. Nu sprang han ner med Tindra till gatan
eftersom hennes mamma skulle plocka upp
henne. Glömde väl telefonen i all hast. Barn och
packning. Mycket nu. Jag tog den, ställde mig i
fönstret med utsikt över gatan och Skanstorget.
Han satte in Tindra i barnstolen. Jag öppnade
telefonen. Samma kod. Korkade kille. Kanske
oskyldig trots allt? Ny sms-konversation.

Nya telefonsamtal. Jävla Fanny. Jävla Thomas.
Lura inte mig. Tårarna vällde upp i ögonen så jag
kunde nästan inte läsa vad det stod.

Hittade inte min egen telefon så jag kunde inte
fota smsen. Kunde dock läsa.

Från Thomas
Till Fanny

Vi får pausa ett tag, har tillräckligt med pro-
blem på hemmaplan, ring inte mig, jag ringer
dig, kram

Thomas kom upp med stora kliv för trappan. Han
smällde igen dörren. Jag stod kvar i vardags-
rummet med hans telefon i handen. Han blev
helt vit i ansiktet när han såg mobilen.

"-Jag har inte gjort något" sa han direkt.
"-Snälla Lollo. Du måste tro mig. Jag har verklig-
en inte gjort något"
"-Vad menar du? Inte gjort något? Du lovade ju
att inte ha någon kontakt med henne igen. I tele-
fonlistan ser det ut som om du ringde henne di-
rekt efter frukosten i förrgår. Du lovade."
"-Ja men jag skulle bara säga till henne att inte
kontakta mig"
"-Vad var det du inte fattade när jag bad dig att
inte kontakta henne?"
"-Jag försökte ju lösa problemet."

Thomas höjde rösten. Nu var han irriterad. Han?
Det var väl ändå jag som var den sårade?

"-Vad är det du skriver här: Vi får pausa ett tag.
Vad då ett tag? När ska du ha kontakt med henne
igen?" nästan skrek jag.
"-Aldrig säger jag ju"
"-Men du skriver ju något annat. Pausa betyder
ju att man kommer att ta upp tråden igen framö-
ver. Du ringer henne? Varför det?"

Bråket pågick under hela förmiddagen. Tillslut
blev Thomas riktigt sur och lämnade lägenheten.
Jag hade slutat gråta och kände bara att han var
på väg ut ur vårt förhållande. Jag ville inte bli
lurad och kände att jag ville ha bevis för vad som
skett oavsett. Jag kunde inte kolla mer i hans
telefon för den tog han självklart med ut.

Han hade haft bråttom men den hann han få med
sig. Jag försökte komma in i hans laptop men jag
kunde inte lösenordet. Tittade i hans portfölj
men där låg inget av värde. Kände igenom alla
hans fickor i kläder som han använt de senaste
veckorna. Bingo. Kvitton. Hittade kvitto från en
krog i Majorna. Majorna? Där var vi ju aldrig.
Datumen överensstämde med smset från Fanny.
Jag dubbelkollade med fotot jag tagit med min
mobil. Fotade även kvittot. Kände mig som en
deckare. Mig lurade man inte ostraffat. Kvittot
var på en flaska vin.

Samma kväll som jag var barnvakt åt brorsans barn. Thomas hade sagt att han skulle ha myskväll med Tindra. Verkade ha blivit en myskväll med Fanny.

Fy fan vad lågt. Jag kände mig så himla misslyckad som inte ens kunde lita på min pojkvän. Så sorgligt. Fan att jag skulle ha rätt i mina misstankar. Satte mig i soffan och drack mitt andra glas vin. Teven stod på även om jag inte tittade. Väntade på att den otrogne skulle komma hem. Hade en stor lust att ringa honom.

Tänk om han var med Fanny nu också? Vad skulle det göra för skillnad egentligen. Han skulle bli tvungen att flytta. Vi kunde inte vara ihop om han var med andra. Jag hoppades i min enfald att jag missförstått alltihop. Tyvärr var det inte så. Han kom hem vid elvatiden. Sa inte hej utan gick ut i köket, hällde upp ett glas vin till sig själv. Satte sig inte i soffan utan i fåtöljen. Tittade inte på mig utan bytte bara kanal på teven utan ett ljud. Hallå! Vem var det som hade gjort fel. Du eller jag? Jag reste mig, fyllde på mitt vinglas, satte mig på fotpallen till fåtöljen och bad honom berätta vad som hänt. Allt från början så jag kunde förstå.

Han berättade ungefär samma sak som tidigare. Fanny var en kund som kommit in i affären. Hon ville ha hjälp med inredningen av sin nya lägenhet. Han hade fått hennes visitkort. Sen hade han träffat henne för att räkna på uppdraget och sen hade de tagit en öl ihop. Inget mer hade hänt.

Hon kanske var lite mer intresserad av honom men han var inte intresserad alls. Det lät rimligt, jag önskade att det var sant. Jag ville bara ställa några kontrollfrågor för att jag skulle köpa det hela och sen kunna glömma det som hänt. Glömma min förtvivlan och känslan av orätt. Ville så gärna tro att han var oskyldig.

"-Var tog ni ölen?" undrade jag och försökte låta lite klädsamt nyfiket.
"-Ett hak i närheten av var hon bodde" sa han oskyldigt.
"-Bjöd du på ölen?"
"-Nej vi betalade var för sig" svarade han snabbt.
"-Vinet då?" kontrade jag med.
"-Vilket vin?"

Han såg förvånad ut. Jag reste mig upp och hämtade kvittot jag hittat. Han erkände inte utan sa att kvittot inte var hans. Han måste ha tagit fel. Han hade bara druckit en öl och sen gått hem. Han lovade. Han hade sett 22 nyheterna och sen somnat i soffan.

"-Märkligt att det står "kl.22:30" på vinkvittot då."
"-Det är ju inte mitt säger jag" svarade han med höjd röst.

Jag skakade på huvudet och visste inte vad jag skulle göra. Måste få klarhet. Hade gått i en dimma i flera dagar nu. Om han varit otrogen och berättat det och varit ångerfull så kanske jag kunnat förlåta det.

240

Men att inte kunna lita på vad han säger kändes
obehagligt. Vad ljög han mer om? Kände att jag
vill ha ett slut på historien. Hämtade hans laptop.
Bad honom gå in på Nordea. Han skakade på
huvudet men gjorde som jag bad honom. Som en
robot.

Jag satt bredvid honom och tog över datorn. Han
tittade knappt på vad jag gjorde. Jag klickade
fram kontoutdragen. Scrollade ner till fredagens
köp. En krog i Majorna. 299 kr. kl.22.30. Ytterli-
gare två köp på samma krog senare på kvällen.
Sen ett köp på lördagens morgon. Café i Majorna.
180 kr. kl.10.20. Tårarna rann ner över hans kin-
der. Jag gick in och lade mig. Idiot. Jubelidiot.

Jag sover hos pappa".

Dörren åkte igen med en smäll. Det gick väl bra. Jag kunde frysa in den nylagade köttfärssåsen. Inga problem. Bara bra att ha något i frysen. På något naivt sätt så trodde jag att allt skulle kännas bra nu. Fantastiskt bra. Det mesta var faktiskt bra men han fanns fortfarande kvar i mitt liv. Jag avskydde delar av honom. Avskydde att han fortsatte att påverka mig som han gjorde. Han gjorde mig så förbannad. Hade lust att själv drämma till honom. Hårt. Jävligt hårt. Jag skulle vilja ta flickorna och sätta dem i en Chevrolet Caprice som i en amerikansk film. Åka från öst till väst och starta ett helt nytt liv. Fan också. Jag som ville älska mitt liv från och med nu. Han skulle inte på något sätt få förstöra det som jag hade kvar av mitt liv. Jag måste styra resten av mitt liv. Till hundra procent. Inga hjärnspöken.

Jag trodde att det svåra med en skilsmässa skulle vara att inte få träffa barnen varje dag. Att inte få pussa dem godnatt på kvällen vid läggdags. Det var jobbigt. Men det tuffaste verkade vara att inte få vara delaktig i alla beslut som tillhörde vardagen. Allt från uppfostran till håltagning i öronen. Färga håret? Ja eller nej? Vara uppe hur länge? Hur länge skulle man använda cykelhjälm?

Hur många fritidsaktiviteter var nyttigt egentligen? Läxläsning. Hur lång stund varje dag? Fick man köra moppe på landet trots att man inte fyllt 15 år? Hur skulle det bli med alkohol? Tänkte min föredetta köpa ut alkohol till barnen trots att de inte var myndiga? Smink. När var det ok att tjejerna började använda det? Skulle det se olika ut varannan vecka? För tunna jackor? Tänk om mina barn skulle behöva frysa. Vem skulle betala för nya kläder? Vem skulle tjejerna prata med när de vill ha p-piller? Vem skulle avgöra om det var aktuellt med tandställning? Skolresorna, vem skulle åka med? Skulle vi slåss om det med?

I min värld var det jag som fattade kloka genomtänkta beslut som var det bästa för mina barn men barnens pappa fattade det ena efter det andra korkade beslutet. Det kändes innerligt som om han gjorde det bara för att straffa mig. Det sårade mig eftersom det gick ut över barnen. Jävla skitstövel.

Idag kom Alice hem med nyklippt kort hår. Fan ta honom. Hon sparade ju ut till långt som vi hade bestämt.

Hade trott att jag var härdad. Hårdhudad och beredd eftersom jag redan gått igenom det värsta. Det vill säga att skilja mig från mannen som jag hade skaffat barn ihop med. Hade också tänkt att det måste bli enklare och en-klare att lämna den man lever med då man redan haft en skilsmässa. Så fel jag hade haft. Kanske var det så att Thomas faktiskt på riktigt var mannen i mitt liv. Jag var uppenbarligen inte kvinnan i hans liv. Bara en av dem. Men det kändes verkligen som om jag hade älskat honom mer än mitt eget liv. Han hade varit så bra för mig och fått mig att älska mig själv, mitt liv och hela världen. Jag hade tyckt om mig själv i hans sällskap. Den han hade gjort mig till.

Nu kändes det som om jag var sårad ända in i själen. Kanske skulle kunna jämföras med när jag fick första smällen av Peter. Men då var jag så ung och hade så lätt för att förlåta och bara sopa känslan under mattan. Hittade egna förklaringar till varför det hade hänt. Men visst hade något fint dött inom mig. Drömmen hade blivit kantstött. Rejält. Nu var jag sårad på riktigt. Igen. Hade inte bara förlorat min kärlek utan också min bästa kompis. Kändes som om jag aldrig skulle bli hel efter det här dråpslaget.

Jag som hade litat på honom till hundratio procent. Jävla idiot. Det värsta var att jag inte trodde att han var medveten om vad han gjort.

Han trodde nog i sin enfald att det bara var att be om ursäkt och därefter fortsätta som om ingenting hade hänt. Om han hade anat min reaktion och att vårt förhållande skulle ta slut så tror jag faktiskt inte att han agerat som han gjort. Vi passade ju så fantastiskt bra ihop. Förmodligen skulle han inte komma till insikt förrän efter några försök med andra kvinnor i framtiden. Idiot.

Ett stort problem för mig utöver mitt krossade hjärta och min stukade stolthet var hur jag skulle kunna berätta detta för barnen. Tjejerna älskade ju faktiskt Thomas. Han hade funnits där för dem under de senaste åren och ställt upp med både tid, skjuts, omtanke, småpengar och körlektioner. Han hade också sett till att deras mamma var den lyckligaste kvinnan på jorden. Hur förklarade man detta utan att de förlorade all tro på kärleken? Jag ville ju att de skulle ha hopp om livet. Jag ville ju inte att de skulle vara lika cyniska som jag verkade bli. Hur skulle jag ta upp detta? Jag inkluderade även Tindra i barnen. Lilla lintotten som jag tagit till mitt hjärta. Hon som sovit mellan oss de senaste månaderna. Hur skulle det bli mellan oss? Skulle vi bara klippa kontakten nu bara för att hennes pappa var korkad?

Ett annat problem var min familj. Mamma och pappa. Min bror och hans familj. Alla gillade ju Thomas. Han hade kommit in i familjen utan buller och bång. Det hade bara varit självklart att han passade in som en pusselbit. Hans plats var tom innan han tog den. Nu skulle han saknas. Länge. Mamma skulle naturligtvis tro att jag gjort något fel. Hörde hennes anklagande frågor i förväg i mina öron. Kunde jag verkligen inte bjuda till lite till?

Det skulle även vara tufft att berätta för Paula. Hon anade kanske redan något men trodde nog inte att det var så definitivt. Visste att hon skulle stötta mig men ändå. Jag var den som ville komma med roliga besked. Inte den som drog ner stämningen. Jävla Thomas. Fan ta honom. Hur skulle vi kunna jobba ihop? Jag visste redan svaret och det var glasklart. Jag skulle inte kunna jobba ihop med honom. Jag ville inte. Jävla svikare. Ensam och kanske arbetslös. Bra jobbat Lollan.

En annan tanke som jag inte blev kvitt var den om det var jag som hade drivit honom till otroheten. Hade jag inte varit tillräckligt bra? Skulle jag varit mer sexig? Trodde faktiskt inte att jag varit sexig alls. Jag hade mått så bra och känt att jag räckt till som jag var. Helt naturell. Jag hade inte behövt göra mig till och det var det som gjort mig riktigt lycklig. Hade Thomas velat ha mer sex? Han måste väl ha längtat efter mer eftersom han valde att plocka in ytterligare en kvinna i sitt liv. Fanny. Kanske bara en i raden?

I bakhuvudet kände jag tvärtom. Det var ju jag som hade velat ha mer sex än vad vi faktiskt hade. Han var ju den som många gånger inte orkade eller var trött. Han var ju den som sa

"-Vi älskar imorgon istället va?" precis när jag tänkte förföra honom.

Allt för att det skulle rinna ut i sanden. Dessa tankar kunde jag inte diskutera med någon. Kändes för privat. Jag fick resonera med mig själv istället. Gick sådär. Tårarna rullade, nej, forsade ner på mina kinder. Nu var det slut. Åtta månader tog det. Månader fulla av glädje, lust, skratt, längtan och sorg. Jag trodde att tårarna var slut men jag hade fel angående det också. Det blev mycket fel nu för tiden. Trodde det skulle vända snart.

Varför blev det så här? Planen hade sett annorlunda ut. Jag skulle ju vara enormt lyckad, lycklig och lyckosam. Vad hade hänt? Självklart lär man av sina misstag. Peter kom förbi för att lämna tjejernas saker. Överfulla blå IKEA-kassar med rent och smutsigt om vartannat. Snyggt. Not. Alice och Love skulle dyka upp efter skolan senare under eftermiddagen/kvällen. Han sa ingenting utan kramade bara om mig. Länge. Som om han visste. Märkligt nog kändes det skönt. Efter en stund delade vi på oss och Peter sa hej och stunden var över. Vad hade hänt? Nu väntade jag bara in tjejerna. Lika bra att få det sagt. De hade ändå märkt på mig att jag var ledsen.

Vi hade en skön kväll trots allt. Love berättade att hon hade fattat att det var något fel. Hon hade tyckt att Thomas varit så kort i tonen mot henne de senaste veckorna. Alice hade inte märkt något speciellt men hon kramade mig gång på gång. När jag hade tjejerna hos mig så blev jag stark. De var de viktigaste i mitt liv. Det kunde inte Thomas beteende inte ändra på. Vem var den störste loosern? Tårar och goa kramar blev det men också mycket skratt. Lätt hysteriskt emellanåt. Vi hånade Thomas. Sörjde att vi inte skulle få vara med Tindra varje dag. Hånade Thomas igen. Vi bestämde att vi skulle ö-luffa tillsammans, vi tjejer, i Greklands övärld, kommande sommar. Vi avslutade kvällen med att se *"Love Actually"* ännu en gång. Otroligt bra film.

Paula bara skakade på huvudet. Hennes mörka lockar hamnade ännu mera i oordning.

"-Vilket jävla svin" suckade hon tungt.

"-Hur länge hade det pågått sa du?

"-Vet inte helt säkert men jag tror att han haft någon vid sidan om hela tiden. Men han erkänner ingenting."

"-Menar du att han har knullat henne i er, eller rättare sagt, i din säng när du jobbat?"

Paula såg helt oförstående ut och jag skämdes. Kanske borde jag sett tecknen tydligare. Eller? Snörvlade lite men det kändes nästan som ett avslutat kapitel. Orkade inte vara ledsen mer.

När värsta chocken hade lagt sig så hade jag grå-
tit i timmar. Nu var det nästan som om de var
slut. Han var inte värd mer.

"-Fan vad taskigt!" sa Paula med eftertryck och
kramade om mig.
"-Idiot" snörvlade jag mot hennes axel.

Paula nämnde mindre subtilt att hon faktiskt
varnat oss redan i början av vårt förhållande.
Måste erkänna att hon hade haft rätt. Hon var-
nade för att det skulle bli problem eftersom vi
jobbade ihop. Det blev det men kanske inte den
sortens problem som hon räknat med. Men nu
kvarstod ett stort problem som vi måste lösa. Jag
ville inte eller kunde inte jobba ihop med Tho-
mas. Jävla idiot. Kukhuvud. Jag hoppades på att
Paula skulle komma med en bra enkel lösning.
Hur skulle vi göra? Paula såg ut som om hon
tänkte dra till Mallorca igen. Hon fortsatte att
skaka på huvudet men sa att hon skulle fundera
en stund och prata med Thomas också. Det var ju
ändå hans fel att vi hamnat här. Eller?

Jakob Hellmans röst ringde i mina öron och ville
inte lämna mitt huvud. Jag hade lyssnat på ski-
van gång på gång. Förmodligen hade jag ett upp-
dämt behov av att sörja ett tag till.

*"Hon föll i för samma gamla törst,
huvudstupa hjärtat först.
Där gick han hem, hem igen med
allt han hade med sig när han kom.*

*Och om man ser på henne så
ler hon åt allt än så länge.
Jag sa: Städa upp och vädra ut,
för allt är över allt tar slut.
Där gick han hem igen men hon min vän,
hon är mellan väggarna som undrar:
Var är han nånstans då
Tårarna, snart kommer tårarna.
Tårarna snart kommer tårarna.
Stora tårar rinner nedför och ner i knät.
Det är hon och hennes bästa vän
som stannar kvar iallafall,
när alla andra gick.
Fast hon inte fick.
Fall inte i för all din törst,
man måste tänka först.
Fall inte i för allt i världen,
jag har inte tid att vända mig och se,
för allt jag säger blir fel ändå.
Tårarna, snart kommer tårarna.
Tårarna, snart kommer tårarna..."*

Veckorna gick och trots att mitt hjärta var krossat
så gick det ganska bra ändå. Så kändes det i alla
fall. Ganska bra. Kanske fördelen med att vara
vuxen. Man kunde sätta saker och ting i perspek-
tiv. Kanske bara tillfälligt.

Oavsett så levde jag för dagen. En dag i taget.
Tankarna flög omkring inne i mitt huvud och jag
resonerade med mig själv. Jag måste vara mer
selektiv.

Det viktigaste kunde inte vara att hitta en karl.
Det viktigaste måste väl ändå vara att vara lyck-
lig. Man kunde vara lycklig ensam.

Man behövde inte vara ensam men man kunde
vara själv. Det räckte gott. Jag gladdes åt tanken
att Thomas måste vara mer olycklig än jag. Nu
när han kanske fattat vad han gjort. Paula hade
berättat att han var sjukskriven. Det kändes bra.
Vi hade gjort en deal där Thomas skulle sälja sin
del till oss två för ett möjligt pris. Han skulle inte
jobba fysiskt i butiken mer utan bara sköta det
ekonomiska och administrativa tills affären var
helt klar. Då skulle vi leja bort allt sådant till en
revisor. Varken jag eller Paula ville hålla på med
siffror och papper. Vi var beredda att betala för
att få hjälp med det. Vi hade pratat ihop oss och
bestämt oss för att inte ta in en ny delägare. En-
klare och vi klarade oss själva. Skulle nog gå.
Nu kunde han inte ens sköta det utan var som
sagt sjuk-skriven. Gott. Fick lite dåligt samvete av
att vara skadeglad men sköt undan det. Gott åt
den jäkeln. Mig lurade man inte. Inte ostraffat.

Från Alex
Till Louise

Hej hjärtat!
Hoppas allt är bra med dig.

Har saknat dig. Massor!
Min kropp vill ha din. Gång på gång.
Har försökt glömma dig eftersom du ville det
men det går inte.
Jag har lämnat min fru. Lämnat in våra skils-
mässopapper. Äntligen.
Du fick som du ville!

Jag ska upp med barnen till mamma och pappa
men sen tänkte jag komma ner till Göteborg.
Ok?
Äntligen du & jag.
Många varma kramar//din Alex

Jag satt helt blickstilla och läste mejlet om igen.
Vad ville han mig? Hade han alltså lämnat sin
fru? Otroligt. Det trodde jag verkligen inte skulle
hända. Bra jobbat. Skönt för henne att bli av med
honom. Otrogne typ. Varför skrev han till mig?
Borde han inte ringt om det var viktigt? Jag ville
inte ha honom. Hade förmodligen aldrig älskat
ho-nom och hade nog med mina egna bekymmer
nu. Han kunde absolut inte komma hem till mig.
Thomas hade ju knappt flyttat ut. Hans saker var
kvar, lätt varma, och jag vill inte krångla till sepa-
rationen mer än Thomas redan gjort. Jag skulle
aldrig kunna presentera Alex för mina tjejer. Han
tog för mycket plats. Jag deleatade mejlet som en
struts och hoppades innerligt att han inte skulle
höra av sig igen.

Lägenheten var min alldeles egna igen. Thomas hade smakfullt hämtat alla sina saker utan att göra något större väsen av sig. Skönt. Jag hade packat ner allt jag kunde hitta som var hans eller Tindras i nya flyttkartonger som pappa köpt åt mig på Bauhaus. Det hade jag börjat med samma dag som han flyttade ut. Stod inte ut med att se hans saker. Lika bra att ta tag i det med en gång. Det blev lite mer luft i skåpen. Skönt. Enda sorgliga under eftermiddagen hade varit att packa ut Tindras lilla garderob. Skulle sakna henne så. Massor. Lilla, lilla, hjärtegrynet. Så orättvist att hon och jag skulle drabbas för att någon annan gjort fel. Jäkla Thomas. Separationen hade gått ganska bra. Thomas hade inte krånglat det minsta med saker. Inte ett ord om vem som skulle flytta ut ur lägenheten. Han hade bara tagit sina saker. Låtit de saker vi köpt ihop vara kvar. Vi hade inte tagit någon diskussion om vad som hänt. Nästan som om det inte hade hänt. Jag funderade på att tapetsera om i vardagsrummet. Gillade inte randigt längre.

Efter jobbet promenerade jag sakta genom Linnéstan. Hade ont i fötterna efter den långa arbetsdagen. Högklackat var snyggt men inte alltid det mest bekväma. Handlade fisk, torskrygg, och ett halvt kilo räkor i fiskbilen. De sålde blommor snett utanför Systembolaget så jag köpte med en stor bukett långa vita gladiolius hem.

Väl hemma stängde jag ytterdörren försiktigt. Stängde yttervärlden ute. Hakade på den korta säkerhetskedjan.

254

Mest som en rutin, inte för att jag trodde att ked-
jan skulle hjälpa mot farligheter. Jag var tacksam
att jag hade det så bra som jag faktiskt hade det.

Tänk om jag stannat kvar i äktenskapet med Pe-
ter. Jag somnade trött i soffan framför teven.

Jag vaknade med ett stort leende. Sträckte på mig
en lång stund i sängen. Jag hade en hel dag fram-
för mig. Så lyxigt. Måndag. Hoppade upp ur
sängen. Inget inbokat utan kunde ta dagen som
den kom. Ledig från jobbet. Fixade lite som
skulle fixas. Gick fortfarande omkring i de gamla
randiga pyjamasbyxorna med dålig resår. Hade
ett vitt urtvättat linne till och på fötterna de un-
derbara nya ullskinnstofflorna som jag fått i jul-
klapp. Ljusrosa.

Vädret utanför fönstret var grått och det duggade
lite lätt på rutorna. Kunde känna känslan av reg-
net och var glad att jag just nu satt under en skön
filt i soffan och väntade på att teet skulle dra
klart. Tekoppen stod redo på det runda vardags-
rumsbordet och jag funderade på om jag skulle ta
fram ett par kanelbullar ur frysen. Skulle kunna
tina dem i micron. Tände stumparna i ljusstaken
på bordet och drog för de hellånga gardinläng-
derna för fönstret som speglade sig i teveskär-
men. Ingen sol men trots att himlen var så regn-
tyngd så fanns det något ljus som syntes.
Gardinerna tog bort detta bekymmer.

Filmen hade jag sett många gånger förr och det
fanns en riktig mening med det.

Ungefär som att umgås med en kär gammal vän.
Man visste precis vad som skulle komma att
hända. Sällan något nytt. Man kände ju varandra
så väl. Tryggt och bekant. Det fanns gott om tid
att bläddra i senaste Sköna Hem samtidigt och
att njuta av teet som Love köpt nere på Storga-
tans Tehandel. Fantastiskt gott.

Tekoppen som var den ärvda från farmor var en
vit kopp med blå stora prickar på. Mindes att den
hette Adam. Naggad men lagom tunn och stor.
Under reklamavbrottet kom jag ihåg frallorna.
Frallorna. Grannens pojk Rasmus sålde frallor
varje söndagsmorgon. En sådan lyx. Jag hade
köpt två grova med lingon i och två ljusa med
vallmofrön på. Inte ätit dem igår. Det kurrade i
magen och jag fick ett stort leende på läpparna
när jag stod och gjorde mig en ostfralla med ski-
vad gurka på. Nu började visst filmen igen. Ef-
tersom jag kunde de flesta repliker utantill gjorde
jag mig ingen brådska in utan plockade undan
efter mig innan jag hoppade upp i soffan igen.
Fyllde på teet, tog ett bett på mackan och drog
om mig den sköna filten igen.

Låg i soffan och njöt. Den var härligt nytvättad.
Tyget var krispigt och även om den inte var den
dyraste varianten från designbutiken så signale-
rade den riktigt god smak ut i fingertopparna.
Luktade gott gjorde den med.